INK INK INK INK INK INK INK
INK INK INK INK INK INK
INK INK INK INK INK INK INK
INK INK INK INK INK INK
INK INK INK INK INK INK INK
INK INK INK INK INK INK
INK INK INK INK INK INK INK
INK INK INK INK INK INK
INK INK INK INK INK INK INK
INK INK INK INK INK INK
INK INK INK INK INK INK INK
INK INK INK INK INK INK
INK INK INK INK INK INK INK
INK INK INK INK INK INK
INK INK INK INK INK INK INK
INK INK INK INK INK INK
INK INK INK INK INK INK INK
INK INK INK INK INK INK
INK INK INK INK INK INK INK
INK INK INK INK INK INK
INK INK INK INK INK INK INK
INK INK INK INK INK INK
INK INK INK INK INK INK INK
INK INK INK INK INK INK
INK INK INK INK INK INK INK
INK INK INK INK INK INK
INK INK INK INK INK INK INK

INK文學叢書
014

椿哥

平路◎著

目次

新版序

沉默的歷史・發聲的小說

陳芳明

歷史底層的小人物會說話嗎？平路的小說《椿哥》提供了一個弔詭的答案。小人物是不會說話的，至少小說中的主角椿哥，自始至終都不曾說過一句話。但是，小人物也是會說話的，他的高度沉默竟然記錄戰後台灣社會的起承轉合。所謂說話，指的是發言權，是歷史記憶，是個人主體的確立。

《椿哥》是平路創作生涯中一個奇異的嘗試。她選擇透過一個小人物的人生悲歌，來觀察戰後的台灣是如何走過來的。熟悉台灣經濟奇蹟的人，都知道中小企業的貢獻、技術官僚的決策、美援文化的協助等等這類的大歷史。但是，在歷史縫隙中，存在著多少不爲人知的困頓、掙扎與苦悶。平路把歷史焦距投射在外省難民椿哥的身上，這位小說人物在一九四九年隨著逃亡潮在基隆登陸時，就已預告往後有一段曲折歷史即將開展，而這樣的歷史注定是要被遺忘的。

十一歲來台尋父的椿哥，從來就沒有受到任何祝福。他是社會的畸零人，是大歷史的棄兒，包括他父親在內，並不歡迎他來相認。椿哥畢竟是父親不堪回首的歷史殘餘，他的存在妨礙他父親追求新的感情生活。這一個時代多餘的生命，終於被迫必須與他的祖父、叔叔一起生活，父親決定要遺忘他了。然而，遺忘他的又豈止是父親而已。他的親人，他的時代，他的國家，都棄絕了他。椿哥存活下來，彷彿是許多生命的一個注腳而已。由於他的卑微，而對照出其他親人的昇華；由於他的謙遜，而對照出別的生命的競逐；由於他的沉默，而對照出整個時代的喧囂；更由於他的謹守本分，而對照出歷史的騷動跌宕。

平路的小說，讀來是如此尋常無比；但是，她在細微處竟能刻畫台灣社會的大轉折。她的文字透露一個信息：歷史並不是由大人物創造出來的，在許多重大事件的背後，暗藏多少無聲無息的靈魂。他們點點滴滴的生活細節，都在匯成歷史的巨流。時代往前躍動時，這些瑣碎的生命其實也是無可欠缺的推手。椿哥從經營手工饅頭的小事業開始，一直到投入機器麵條的製造，都足以呈現社會的轉型。那種轉型的速度可能是緩慢的，可是節奏縱然緩慢，對於椿哥這種小人物卻造成強烈的衝擊。

《椿哥》提出了一個嚴肅的問題：什麼是歷史？在傳統的觀念裡，歷史是由戰爭、條約、帝王、領袖、產業、政策……等等銜接起來的。這樣的歷史，似乎是一條連綿不斷的時間主軸環環相扣。在環節與環節之間，全然不容小人物介入。這種歷史敘述的方式，帶出了另一個問題：誰在寫歷史？

以戰後台灣社會的演變史爲例，歷史是如何書寫出來的？從政治層面來看，坊間的說法是二二八事件、五〇年代白色恐怖、黨外民主運動等等，一連串事件連綴起來。而官方的立場則是反共抗俄、中美協防條約、八二三炮戰等等重大史實串接起來。無論是坊間官方的觀點，都強調本身在歷史中的重要地位。這是歷史發言權的爭奪，是歷史地位的自我評價。不過，在不同立場的發言者之間，凡是未能介入重大事件的人物，往往就輕易被遺忘了。椿哥這個小人物，無論如何都不能在這樣的歷史中找到一席之地。

平路的小說企圖翻轉這種歷史記憶的建構方式。一個在時代洪流中被推擠到台灣的外省小人物，是如何在人地生疏的新土地上維持一條活命。在台灣經濟最爲蕭條的年代，他見證了自己父親如何努力擦拭曾經在中國有過的歷史記憶。就像同時代的一些外省人那樣，只有掩飾過去發生的歷史，才能在台灣重新建立身分。在感情婚姻上，在官位追逐上，有不少人是以「洗心革面」的方式改造自己的人格。這種眞實的歷史，在許多官方檔案裡是不可能記錄下來的。平路透過椿哥的眼睛，看到了歷史這一幕，一段不爲人知的「竄改身世」的歷史。

椿哥不可能是歷史的創造者，卻是一位默默的見證者。他是一具歷史攝影機，把台灣社會的轉型攝入鏡頭。並不是所有的外省人都是當權者，在時代巨輪下，大多數的外省族群毋寧是權力的受害者與犧牲者。他們看不到未來發展的方向，不知道自己身在何處，更不能理解究竟在社會裡扮演了怎樣的角色。然而，也正是在最平凡的生活中，這些蜉蝣般的生命相濡以沫，也相互取暖，而終於建造了極其細微的一些些尊嚴。憑恃著這微不足道的尊嚴。他們堅強地活下來了。

於無聲處聽驚雷。這是魯迅留下來的詩句，正好可以用來詮釋歷史沉默者的意義。椿哥投靠他的叔叔，以幫傭的身分協助克服生活中的種種困難。稍長之後，他發展了一個小小生意，而終於有了些許儲蓄。他曾經也有過感情上的漣漪，卻因自卑而退卻。在如此掙扎的遭遇中，他的父親從未對椿哥有過任何眷顧。他父親再婚後養的兩個孩子，努力往上爬，最後完成出國留學的願望。父親竟然向椿哥提出要求，希望他以僅有的儲蓄資助同父異母的弟弟留學深造。椿哥內心頗覺震撼，體會到父親的絕情殘忍。善良的椿哥，最後也還是伸出援手，以換取日後家人對他的承認。留學的風潮，是台灣社會具有文化深層意義的歷史現象。但是，在如此湧動的風潮中，竟然發生了不被察覺的許多小故事。對照這種巨大的潮流，這些小故事並不具備特別的意義。不過，一種文化現象的形成，畢竟是在太多的傷害、折磨、凌遲的過程中鍛鑄出來的。椿哥正是看不見的歷史傷口的具體見證。

在歷史上占據沉默位置的椿哥，經歷了台灣社會從蕭條年代逐漸跨向輕工業經濟的階段，又從加工業經濟過渡到高速公路時代的到來。他的生命經驗，無疑是戰後歷史的一個縮影；他奉獻青春、提供勞力，卻並不能在社會中留下些微痕跡。平路選擇這樣一個畸零的邊緣人物，爲沉默的歷史發出聲音。究竟歷史是虛構的，或小說是虛構的？也許不會有確切的答案。但是，能夠在歷史空白的地方，挖掘暗潮洶湧的記憶，正是《椿哥》的動人之處。在小說中不說一句話的椿哥，已經道盡一切。冠冕堂皇的歷史假面下，覆蓋著許多等待被發覺的眞實。平路的幽微之筆，彷彿譜出一支輓歌，但細聽之下，卻又是一支頌歌，在被遺忘的地方熠熠散放一絲人性的微光。

新版自序 我寫椿哥

距離寫作《椿哥》十幾年的時間，市面上早已經見不到書了。卻有人還在記掛這本小說：包括始終想要替它的命運「平反」的齊邦媛老師，包括對文學傳承有強烈使命感的初安民總編輯，也包括慨然賜序的陳芳明先生。

這篇小說，對我而言，下筆帶著迫不及待的澎湃感情。今天看來，或者像葉慈的一首詩的結尾一段：「那時我心裡有話只想對你一個人說……」。選擇寫實的形式，對當時的心情而言，也像葉慈那一段的第二句：「而我正竭力愛你以古老超越的愛。」

竭力地、聲嘶力竭地趕緊說出難以淡忘的一些人、一些事，以及記錄那個逐漸遠去的時代。

讓我摘錄一段當年初版的自序：

我是以哀矜的心情寫下椿哥的：

所希望的，乃是藉著我這枝不甚流暢的筆，讓椿哥這類終年站在陰影裡的小人物，於苟活之餘，終有機會訴訴他卑微的心事……

此外，寫下《椿哥》，更是我自己的一回救贖，對一些無力解決、又始終難以忘懷的現象，作一次誠懇的告解吧！

我依稀記得當年，在那一段青澀的少年時光裡，如同那年齡中每個易感的心靈一樣，我曾經懵懂地伸出觸角，情切切地欲知悉世事。但是，當我試圖睜開眼睛審視這真實社會時，卻一次次地心灰了。我幾乎是不勝駭異地發現到：在周遭的成人世界之中，人們原來可以那麼鄉愿又那麼寡情地——任由這人世間的不義與不公——以巧妙的形式在身邊存在——並且繼續進行著——

當年，少年的我只好怯懦地低下頭。……那時候，在別人見不到的角落裡，我曾狠命咬著我的嘴唇，然後脫下眼鏡，默默地替自己擦拭去面頰上的淚痕！

回首再看，初版自序裡，對那個年代無能理解的事，我甚至想要強作解人。

當我年歲長大、自認為能夠用更寬容的心胸看周遭的現象時，我才逐漸了悟到當年那是一個什麼樣的時代：在那樣的時世中，自有一些破碎與苟且之間的掙扎……而在當年那儉刻的物質生活底下，也自有那分配不均所引起的種種齟齬。

隨著我成長的過程，戰火的記憶終於在老一輩人的腦海中漸漸褪去，同時，我們的社會亦一日日富裕起來。大多數人便都能夠由此一新興的繁榮中邁出腳，在這個漸次開放的社會裡力爭上游。

只是，仍有那被遺落的、遺忘的一批人啊！

他們是那最底層的、最無知的，無知到連應變能力都沒有的一群。不論時代是怎麼樣地往前運轉，巨輪底下，他們仍然是那輾得遍體鱗傷的一些人。

而可憐亦復可笑的是，他們肩頭，反倒背負著那卸不掉的封建的過去；他們身上卻反而承擔著那沉重的傳統罪孽呀！

徬徨的一枝筆，在初版自序裡，當年曾經做過誠摯的告白。

我寫出來的，自不是一齣悲劇英雄的故事。那樣的悲劇之所謂悲劇，主角的身上務須充滿了力與美，個性中也要充沛著正義與不屈，那之後——在連番命運的折磨與環境的打擊之下——他們不平的吶喊才能夠動人心弦，他們不屈不撓的奮鬥才能感人至深。

而我的椿哥，他生來便是個小人物，他知識不足、也欠缺智慧；他習慣於依賴，亦從來就少些主動；他身上顯現的好德行，主要是他那逆來順受的善良——或許——在那善良裡面——也包裹著我們身上共同的卑屈吧！

過去綿亙的時光中，那樣的卑屈都已成了唧唧啁啁的鬼唱歌；在現今的時代中，椿哥亦已經默默地老去；而更重要的卻是，未來的年月呢？

端看我們能不能夠真心愛重社會各角落裡卑屈的人們吧！

端看我們能不能以愛重別人的心來愛重自己、又以愛重自己的心去愛重別人吧。若不能的話，我們也就在紛紛亂的世界中無謂地走了一遭。這世上便又出現許許多多的椿哥，生生世世都還要屈辱下去。

……上面這些，仍是我寫著椿哥的時候，心裡頭感覺到的、最誠摯的哀矜啊。

重讀當年的自序，說不出道理，我依然覺得十分傷感。好像走過一條窄巷子，別人家的收音機開著，飄出來一首多年前的老歌，訴說的竟是當年的衷情。聲音無從迴避，昏黃的月色裡，就這樣撲面過來。人站定了，眼前的世界在搖晃，雙腳抓不住地，還在繼續陷落。時光隧道幽深難測，掉到哪一點才會停住？只能夠扶著一面牆怔忡不寧。

重讀的時刻，當年的心境又回來了：封閉的外在環境、塵封的家族滄桑，以及《椿哥》出版後待罪一般的惶恐，混雜著非要選擇寫作生涯的自咎自責。直直地墜落下去，我能夠落腳在前塵往事的哪一個定點？

當時，不全然是——全然都不是——快樂的記憶吧。是不是也因爲這樣？寫完《椿哥》，就不再以同樣的形式寫作了。

以今視昔，自己的文字風格也有顯著的轉變。純粹以文字來看，從《椿哥》到後來的長篇譬如《行道天涯》、《何日君再來》，今昔之別，其實很明顯。

酷愛在文字之間蜘蛛結網，習慣拆了又結、結了又重拆的我，重讀《椿哥》，幾度忍不住，想要拿起筆來重新改一遍。

再次借用葉慈那首詩的意象：自從人類被趕出伊甸園，就以愛情這件事做比喻，所有的戀慕都不再輕而易舉。愛情，需要大量的時間與不懈的投入。

何況是與文字的生死糾纏。早已經雙膝跪倒、絕對臣服，如同石匠的專注，一釘一錘修刪琢磨，正是這些年來過日子的方式。

日後，若有文評家情有獨鍾，厚愛我這樣一位作者，把這些年的作品編排出時序，應可以看出其中遞變的軌跡。

也因爲這樣的緣故，再版時，我盡量忍住不改，讓原作的文字以十幾年前的舊時風貌呈現在讀者眼前。

1

那是民國三十八年的基隆港，輪船泊岸的時候正落著雨，零散一排油紙傘，撐在長條的碼頭上，顯得特別稀落。幾把傘柄底下，那隻非用來打傘的手還舉著一面紙牌子，書寫姓氏與籍貫，一眼望過去，墨漬在雨裡陰沉沉的，筆畫都湮漫了去。而襯底的報紙又因爲漿糊黏不牢的緣故，風裡正不斷發出刮答刮答的響聲，隔些時更打著拍子似地，一個勁兒朝船欄所在的高處上下晃盪著。看這個架勢，大概是受人之託接船來的：「接船」且兼帶「尋人」——那年頭，凡是同鄉多的內地人，一旦在北部找著了棲身之地，總不免三天兩頭就近往基隆跑跑——今天的船算是準時的，有時候等的時間久了，雨又下得大些，牌子上的字跡便在雨裡模糊得看不見了。而即使是那最晦氣的日子，這世上不過再添幾名失散的人口，那年頭，人命是賤的，離亂的故事太多了。

夾雜在雨傘中間，碼頭上另站著些沒有打傘的人。這些人緊張得過了分，根本顧不得打傘，兩隻手捏住縐成一團、溼透了的，船公司的旅客名單，上面大概有他們眼熟的名字，他們眼巴巴望著尙懸在高處的扶梯，便任由雨水從頭頂上灑下來。而這些人的確算是運氣不壞的，因爲緊傍在他們身旁，就有幾張洩氣之後轉爲灰白的面孔，旅客名單上明明沒有他們要等的人，他們卻還是打定了主意站在碼頭上：「也許有萬一的機會，臨時擠上了船也說不定！」他們在心裡焦躁地盤算，臉上卻不剩下任何表情，眼皮瞬也不瞬，只有那一顆一顆水珠沿著腮幫往下掉，又因爲分不清是雨、還是淚的緣故，他們僵在雨幕後面的五官便添上幾分滑稽，好像憋緊了要笑的嘴巴不敢動，任由那癢癢的一溜往脖子裡滑。不管怎麼說，這都是一個荒謬的時代，「悲劇」與「鬧劇」的本質原是分不清的：無論你傷心嚎啕也罷，喜極而泣也罷，看起來都只是在這原本雨水充沛的城市裡巧不巧地遇上了雨，著涼的鼻子，紅通通的，逗趣極了！

彷佛正爲了對應碼頭上的冷雨淒淒，這時甲板上的人心卻烘烘亂著，小兒的啼哭以及女人呼叫孩子的高亢嗓音裡面，一路原不暈船的人都開始腳步不穩起來。其實從大半天前剛看見陸地的邊，這陣騷亂就開始了，同時，雨就綿密地落著。然後在斜細的雨霧裡面，輪船駛入灰沉沉的港區，沖鼻而來港區特有的鹹腥，以及灰黯的天空底下、依山勢排列的狹小民宅，都一再提醒這群內陸長大的「北侉子」鄉關眞是很遠了，他們終於來到全然陌生的異地。早早聯絡到親友，知道有人來接船的乘客，多少帶著篤定的神色；那更多舉目無親、豁上一條命闖出來的，便再也掩不住眉目間的憂急。憂急儘管憂急，新來乍到的那份好奇卻在心底蠢蠢動著，像是海面那層晃晃悠悠的油沫……所以他們還寧可擠在甲板上張望，滿地從艙裡拎出來的包袱、扁擔、露著棉絮的厚夾襖……甲板連落腳的地方都占了去。

這時，椿哥那穿著對襟小褂的單薄身子，也在船欄左右竄高竄低地找著縫隙。他那精瘦的猴兒臉上，眼皮眨巴眨巴的，正急切地朝碼頭的人群中搜尋：他不時眨一下落在眼皮上的雨珠，順便也神經質地皺一下眉頭。他眉頭一緊的嚴肅表情，使他驟然比十一歲的實足年齡大了很多，彷佛突然掛上前世忘記換走的那張老臉，然而，這完全是他不自覺的習慣，此一刻的他其實甚是快慰——就要見到父親了，這可是心眼裡盼了好些時的，他已記不清到底見過父親一面麼？但是，他卻無一日不在腦海中描摹父親戎裝照裡的神氣，尤其白天見過別人家父子倆噓寒問暖的熱乎勁，夜晚就準在夢裡看見父親踢踏著正亮的馬靴朝自己走過來，胸膛上花花綠綠的勳章，皮帶上閃閃發光的銅環，像個將軍，他在畫片上見過的將軍，英挺極了！而當那魁梧高大的軍人一眼見到椿哥，立刻咧開滿口白牙笑了，接著他又彎下他筆直的腰桿，使一使力氣便把椿哥高高舉起，扛在頭頂上。椿哥這樣想著，想著這樣的夢境終於有實現的一日，他的眼眶立刻在雨中盛滿淚水，同時，鼻子裡也呼嚕呼嚕地不通氣起來。他正捲起舌頭，想要舐一舐嘴唇上掛著的兩筒鼻涕，身邊的人潮突然擁著他向船首擠，原來這一瞬間，下船用的扶梯已經從甲板上拋落下去，岸上的人頭像遵照著什麼口令似的，一時都伸長脖子仰起臉來了。

2

碼頭的另一端，椿哥的父親，一個肩膀略微聳起、微駝著背，細看的話在鼻子兩側長著一點點細碎麻子的校級軍官，卻剛剛停好吉普車，正朝接船的人群踱過去。他並不像椿哥想像中高大，事實上，他從來就不是一個高大的男人，身上的軍服縐巴巴的，雨裡散發著坐久辦公室的霉溼味，尤其顯得不合身了。其實，他壓根也不適合做軍人，比起艱苦卓絕的軍人本色，他的個性中多了些逸樂的成分——因此，便也帶著點吊兒郎當的瀟灑，當他在舞池裡瀟灑地打圈兒的時候，連他微駝的背，都能成爲他身上極悅目的部分。

此時他已從容地穿過人堆，找了一個角落站定，然後從褲袋裡掏出一隻擠得扁扁的「老樂園」，打上火，深深吸一口，便瞇起眼睛遠遠近近地搜尋，在魚貫下船的隊伍裡尋找椿哥他們爺三個。他知道他們準在這條船上，上船的時候發過電報，絕錯不了。所以他並不心急，他只是有點心慌，想到即將出現在眼前的老老小小，他多少有些慌了手腳，他眞害怕就這樣一頭栽了進去，想當年家鄉那門親事，也是這樣在他沒準備好的時候，就兜頭兜臉罩了下來……剛才，從碼頭那端一路晃過來，眼見的盡是淒涼情狀，特別當他的眼光再掃過油紙傘下一堆婦孺——從她們那副提著包袱流著眼屎的邋遢相裡，他不免預見到他自己今後的艱難歲月，拖著老的、帶著小的，日子難道還輕鬆得起來？是的！他馬上就要肩負起一個家了，每天總部裡下班回家，就要守著一屋子自家人，晚上大概再也不好意思出去，追女孩子的事情一定要暫緩了。多可惜！他才不過卅郎當，又一身這兩年才練出來的探戈舞步，卻還沒輪到他情場上廝殺一番，便已經要收山了，便連惋惜的機會都沒有了……因爲在他冥想的這一瞬間，他的父親已經遠遠從扶梯上走下來，接著下來戴眼鏡的年輕小夥子大概是他的弟弟，弟弟身後便是他矮矬矬的兒子椿哥，但親的怎麼說都是親的，骨子裡的親情常有機會戰勝頑懦，至少這一次便是如此——他擠在人堆裡踮起腳，望著父親腦勺上的幾綹白髮，細雨裡更見稀散，他的眼眶溼熱，他的嘴巴張開又闔上，他哽咽了一陣，他終於發現自己爲這重逢的場面迸出了淚水……

他忙不迭地跑上前去，接過父親手中的花布包袱，拍拍弟弟厚墩墩的肩膀，惟一生分的，倒是椿哥，這是他的兒子麼？他的兒子這麼大了！怎麼也不知道叫人？兩片眉毛彎彎曲曲地疊在一起，一對紅紅的小眼睛，吸著兩筒呼嚕呼嚕的濃鼻涕，唉，簡直不能夠相信，簡直不知道從哪裡說起。他知道自己做了父親、養了兒子，接著又在個把月之內接到他老婆的死訊，但對他來說，這樣的消息向來只寫在紙上，屬於兵荒馬亂的時日，屬於調防的途中，與他隔得很遠，隔著重重烽煙，隔著烽煙後面的黃土高原，隔著死生未卜的明日復明日——而現在，他的兒子站在他的面前，長得這麼大了，這麼看，自己豈好意思再年輕嗎？他有幾分慚愧、也有些分懊惱地瞪著身旁垂下頸子的椿哥，好不容易從臉上擠出一個勉強算作慈祥的笑容，卻又在椿哥抬起頭之前，躲避什麼地轉過身，攛掇著把行李搬上吉普車去了。

3

那天當椿哥父親駕著向隊上借來的吉普車，自進入巷子便不停地按喇叭，也繼續不停地述說著他的好運——因爲早來台灣幾年，便早早分派到像樣的房子，「不！官邸！」他自我陶醉地加了一句——終於在一方籬笆牆前面停下時，椿哥眞不相信這就是自己的家。那一磴一磴的玄關，涼滑而有些陳草味道的榻榻米，以及榻榻米上隔間用的、印著重重疊疊富士山的紙糊拉門，都讓椿哥覺得來到一個陌生而奇怪的地方。像是旅舍，卻又比椿哥印象中到處都是臭蟲的客棧來得潔淨；說它不像旅舍，卻又絲毫沒有北方宅子梁柱間的厚重安詳。在這個新家裡，到處都是稀哩嘩啦的紙門，無論你一腳踩在地上還是進出所謂的「房間」，不發出點聲音簡直是不可能的：椿哥愈是小心不要吵到父親，愈碰手碰腳地拙笨極了。只有等父親上班去了，椿哥才把紙門一打刮子統統推開，然後一步一步攙扶著爺爺，坐到院子裡曬太陽。

屋簷底下皺著眉頭的椿哥，在陽光的斜射下，愈發顯得羸弱了。椿哥從小就是一個骨節纖細的男孩，又因爲長長一段發育期間營養不良的緣故，他模樣總帶著幾分畏葸，尤其那天基隆碼頭上見過了父親，他的猥瑣更變本加厲了。只要他父親在的場合，他總是縮著肩膀，壓低了脖子，大氣也不敢吭。即使父親早起上班去了，他還是覺得父親不耐煩的腳步仍在紙門間逡巡，父親身上特有的菸味也還在天花板底下氤氤氳氳。因此，他寧可坐在院子裡，望著上午的太陽在竹竿上爬升，在幾床破棉被間一寸一寸挪移。爺爺有曬棉被的習慣。爺爺說曬過的棉被墊在身底下舒坦，爺爺也喜歡打蒼蠅，板凳上爺爺身旁的椿哥，手裡一隻蠅拍子，專打棉被上拉屎的蒼蠅。大概也怪棉被上有些騷味，蒼蠅老喜歡嗡嗡地跟著棉被亂轉，棉被也偶爾醃黃醃黃的一大塊，那是椿哥這麼大還改不了尿床的毛病。

若是椿哥坐得腳痠了，他就站起身來遛遛腿，順便豎起耳朵傾聽籬笆外過往的聲音。那聲音與椿哥來自的北方村落大不相同，這裡有挑著擔子賣豆腐的、搖著鈴鐺販醬菜的，修傘的、剃頭的、磨刀的、收破爛的，各人有各人的叫喚聲，但是，其中最特別的就是嘰哩嘎啦的木屐，脆生生地敲在碎石子地上。要是椿哥壯起膽子、瞇起一隻眼睛從門縫往外望，便看見上市場的女人，三三兩兩搖著菜籃走過來，花布衫子裹著圓滾的腰身，金牙一閃一閃的，比手畫腳說著椿哥聽不懂的本地話。椿哥迅速把門擠上，回身的剎那臉上莫名赤熱了。那時節，外面的世界便是這樣燥烘烘地充滿了新鮮的滋味。

晌午吃過中飯，爺爺要睏午覺去了，椿哥的任務只是在落雨之前把竹竿上的棉被收進屋裡。那陣子下午常有暴雨，盤坐在窗戶櫺上的椿哥，從窗格子裡露出兩隻骨碌碌的眼睛，看著屋簷外那豆瓣大的雨點，一剎間，把火毒的、滿院子亂竄的熱氣嘶的一聲澆熄，同時也把地上的塵泥沖洗乾淨，然後院子裡積高的水，小溪一樣淙淙流著。雨後，天空更青藍了，籬笆縫裡不知何時多出來一群揹書包的小學生，罩小黃帽的頭顱在陽光下旋轉著，像椿哥記憶中的銅陀螺。最響亮的卻是他們撞在一起的聲音，有時候是一路子「阿山、阿山、賣豆干！」的追殺嬉鬧，牆角的石塊也當作暗器地巷頭巷尾丟射，有時候是用欠標準的國語唱音樂課新教的《反攻復國歌》，直到小學生們走遠了，椿哥懸在窗櫺下的兩條瘦腿還跟著「反攻！反攻！反攻大陸去！」的節拍一勁晃盪，肉眼泡也不住擠弄著，那其實就是他最沉不住氣的表現。

實在鼓足了勁的時候，椿哥也會悄聲央求一逕沒什麼主意的爺爺讓自己上學去。早先那幾年，家鄉地方不平靖，椿哥讀書這檔子事白白給擱下了。他爺爺記性又不好，老覺得椿哥還小呢！急什麼？來到台灣之後倒是個難得的機會，但打聽出來的結果是：以他的年齡上一年級，附近國校嫌大了不收，說要他先從「識字班」讀起，「識字班」離家並不近便，至少一開始的接送全要仰仗他父親晚上的那點時間。這樣折騰過幾回，椿哥便也沒精打采了，亦因為他爺爺雖然沒什麼意見，倒是從來不認為遲幾年讀書有什麼嚴重，爺爺還淨打圓場說：

「事緩則圓！我們孩娃子念書不急，讀書認字是件長遠的事，急啥子？急著跟人家野小子混在一道幹啥？——過兩年回老家了，收成也旺了，再在村子裡捐個啥名堂學堂，我們後來居上！」

便這樣，椿哥也就在家裡閒散下來，反正爺爺老了，老人家跟前也要有人陪著。

至於椿哥的叔叔，在哥哥家沒住多久就搬進了學校宿舍。別看他鬍渣子青青地一臉稚嫩，走起路也扇乎扇乎地像個近視眼的大書呆子，他可是個有主意的小夥子，自己又有心上進，很快就考上插班復了學；原來內地念的是文科，現在更一改改爲實用的工程。平素吃住都在宿舍裡，放假才回哥哥家一趟，說是功課忙，其實總不願意哥哥看著礙眼——這麼大的人了，還淨吃閒飯麼？

4

其實，只有椿哥才是他父親眼裡的一塊釘，不在面前也就罷了，現在天天晚飯桌上見到他那張乾癟的小臉，做父親的免不了心裡一陣瞎攪和。在椿哥父親的記憶中，椿哥他娘也是這副苦兮兮的長相，整天流著眵目糊，性子也跟椿哥一模樣，是個道地的彆扭種。一棍子打不出半個響屁來！後來，倒不知她犯的那門子沖，沒等椿哥滿月就撒了手，說是中的什麼「產後風」，但椿哥父親也知道村子裡的人當年怎樣嚼的舌頭，他們說椿哥親娘的一條命白是月子裡窩囊多了嘔掉的！

那年頭，也難怪人家說閒話，誰不知道椿哥親娘攤的是個最會罵大街的婆婆，當年椿哥他父親也多少明白老太太的心意，原只是討房媳婦拴住大兒子的腿，想不到新婚還沒兩個月，兒子還是半夜捲著舖蓋參軍去了。

接下去的事，可就是椿哥他父親陸陸續續聽人說的：聽說自從自己音訊杳然之後，新媳婦的肚皮漸漸大了起來，活計愈做愈少，糧食可是愈吃愈多了。老太太心願落空不算，到頭來竟還要侍候媳婦做月子，當然沒什麼好臉色。一口悶氣別地也沒處出，便都出在鄰村的親家身上——當日那點妝奩已經看不上眼了，現在不免新仇加上舊怨：

「這是你家閨女生了小子，送來幾個提盒啊？嘖嘖！」老太太一大早就站在村口開了罵，當然這只是引子，試試風向是對的，不至於平白叫叉了氣，才又頓時接下去：「打開看看，嘖嘖，當是什麼好東西！呸！紅糖倒是不少！紅糖幾塊錢一斤啊？」

大老遠就聽見椿哥的奶奶吆喝著，比小村莊年下的冷風還要響。那個年頭，因爲連續鬧了多年刀兵，加上黃河隨便開口子，莊稼人整天望著未打穗的麥子發愁，的確也都窮怕了。

可憐椿哥他娘，那年虛歲才剛十八，本是個頂要強的小女人，恨只恨強不過自己的命，誰教自己娘家不妝臉……但是，她只要回過頭想想，想想娘家爹媽那伸不直的腰，她又氣恨自己偏偏是個女兒家，偏偏又姓了別人的姓，偏偏，連替自己親爹留點面子的能力都沒有……就這樣一肚皮說不出的苦，小女人眼睜睜地嚥了氣，閉不上的兩隻眼，據說，還一味朝那棉絮裹著的奶娃子直勾勾地瞅著，那一霎間，誰說她捨得嚥下這口氣。

這些，倒都是後來許多年過了椿哥他父親才聽人提起。那是個路上遇到的小同鄉，大概心底還頗有替椿哥他娘打抱不平的意思，講著講著添枝加葉地也在所難免！

至於當年在戰地，只是一張薄紙便傳來椿哥他娘的死訊，稀稀落落一行墨跡，不讓人有傷悲的餘裕。椿哥他父親看了看就塞進背包，後來提起背包行軍的時候，才覺得小女人細瞇瞇的兩隻眼睛，蹭蹭蹬蹬跟了他一晚上。

5

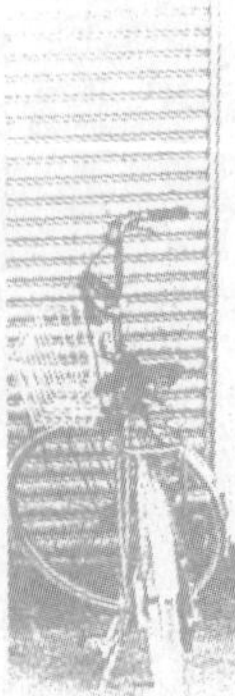

椿哥是跟著爺爺長大的，當年他娘過世沒多久，他奶奶就給日本鬼子炸死了。那時候雖然日本鬼子進占了縣城，但縣市以外的鄉下地方始終在游擊隊手裡，兩方也常硬碰硬開上火，椿哥的奶奶大概摸黑走路撞上了日本鬼子的地雷，當場就炸飛了半截身子。

爺爺一大把年紀，那才是第一次要撐起個家。過去，作主的是老伴，爺爺樂得哼著幾句西皮慢板過他的逍遙日子，這次經了兩場喪事，爺爺已有些怔怔忡忡的，加上年頭不太平，更寧可椿哥在身邊擱著。所以，說椿哥是「關門堵窗養大的」也不過分！椿哥那個叔叔，比椿哥大十來歲，早些年跟著一大干族兄大後方讀書去了，三十四年復員回來，才到親娘的墳上大哭一場。而椿哥父親勝利即奉調台灣，始終沒落著回家鄉一趟。

椿哥打小跟著爺爺，老人家一向膽小，這些年擔驚受怕地也受夠了，整天對著根芽子椿哥，椿哥難免沾上些暮氣。他本性又是個害羞的孩子，孤零零地守在老人家跟前，可憐連個講話的人都沒有。就也因爲這樣，在他沒有人打擾的腦袋中，父親卻變成他這些年來惟一的寄託，變成他心目中惟一的英雄……。然而，自從在這日式房子裡住下來，他總不能將心裡的英雄，與那下了班把上裝往椅背隨便一拽，就大剌剌坐上飯桌的男人聯想在一起，因此，椿哥的不安又深一層。但是，與其說他畏懼父親、怕得抬不起頭來，倒不如說他不願意面對自己那落空的希望。他寧願父親只是那張年夜飯空出的椅子，那時他總有好多期待，聽爺爺哼一段顚顚倒倒的曲牌、說一段分不清征東或是征西的故事，末了，爺爺總還會捋著鬍鬚加一句：

「椿哥，你父親也是位軍爺，等到年頭好了，他就會接咱們倆過好日子去了！」

那時候，爺爺對長子的期待是殷切的，殷切到他可以漠視身邊的苦難、而寄望一個光明的團聚。殷切到他可以丟下那祖宗廬墓的土地而千里迢迢地往南投奔。現在，年頭暫時平靖了，但椿哥不知道爺爺是否也有相同的失望，因為爺爺也愈來愈喜歡低聲在嘴裡嘟囔，埋怨這裡的天氣太熱，雨水太多；埋怨過道那一小方地板太滑，房子也不像房子；埋怨出門的時候話聽不懂、路找不著……。直到叔叔快行畢業禮的那陣子，椿哥替爺爺捶腿的時候，爺爺嘴裡哼著《探母回令》，腮邊那一疊紋路漸漸鬆弛，臉上才又現出騃騃的笑意！

6

叔叔畢業典禮眞是一樁大事情。那天一大早椿哥就爬起來了，替爺爺倒過痰盂之後，便蹲在台階前煽爐子煮稀飯。這兩年他的家務事做多了，動作倒也麻利些了，可是他依然最怕生火，一坐在爐子跟前就眼淚糊嗤的，尤其這糙米換來的炭，光是用力煽還煽不著，非要鼓起腮幫子細細地吹，好不容易飛出一點火星子，卻又怕弄髒自己這一身新。椿哥不時撣一下卡其布褲腰，腰上褶了好幾層，褲腳還拖拉到了泥地上，那是昨天叔叔帶著爺爺上延平北路一帶逛蕩捎回來的新長褲，大是故意買大些，怕小了明年穿不上。椿哥身上的汗衫也是新做的，布是用舊的麵粉袋，右上角的口袋裡還有兩隻握著的手——正宗的美援物資；後來就穿著這身鬆垮垮的新衣服，椿哥站在爺爺身旁拍了好些照！

那季節正是七月天，行完畢業典禮的正午一絲雲也沒有。椿哥溼透的汗衫貼在他的背脊上，衣領被針車來回滾過幾道，硬僵僵地搔著椿哥的脖頸，癢得他喘不過氣。椿哥一面緊張地咬住下脣，企圖包裹住新疵出的暴牙，一面聽從相機匣子後面叔叔的指令，隨時挪移身體的位置。

椿哥的汗珠順著面頰往下流，滴到嘴邊鹹鹹的，那點刺刺的澀意中，他心裡卻泛起一陣甘甜。他父親不在身邊，他覺得很輕鬆，他很喜歡這流汗的感覺，眞的很喜歡，比起惡夢中偶爾出現的、冷冽與驚恐的年月，這流汗的感覺讓他覺得心安無比……他永遠忘不了印象中爺爺慘澹的臉，哆哆嗦嗦地上起門閂……薄薄的門板上，瞪起一對銅鈴眼的門神快要剝落盡了……褪色的春聯在北風裡絲絲縷縷地撕裂著，門柱上打著細小的旋旋……風沙中間，他可以聽見雜沓的人聲，從北方成群結隊地下來……。

「老鄉，來半碗水吧！」逃難的鄉下男女在台階上坐下來，扁擔裡的奶娃兒一陣高一陣低地乾嚎著。

「災秧啊！災秧啊！」男人喃喃地向著椿哥抱拳一揖，舐了舐嘴皮，把水瓢先遞給身邊的女人。女人一口氣灌進去了，接著扯開布衫，掏出一隻乾癟的奶子……嚎哭的聲音稍歇之後卻馬上更高亢了……老鴉在城垛上晦氣地叫，那昏天蔽日的黃沙，以及沙粒中間成千上萬的紅星星，正一路捲著狂風殺將過來……。

平沙盡處陽光突地一閃，是鏡頭的反光射進了椿哥眼皮，椿哥定定神驚醒過來，原來他還在大太陽底下憨笑著。他抿著的嘴角繼續向兩邊扯，露出一副傻兮兮的笑顏——其實，誰說他傻呢？他一點也不傻，就算他十幾歲了沒有讀過書，又矮了同年齡的孩子至少一個頭，可是，他心眼裡是透亮的。他知道好歹，知道現在自己過得挺不錯，胳臂裡一股股要迸出來的勁，額上一粒一粒冒油頭的膿疙瘩，可都是以前不曾有的。他知道自己在長大、在往高躥，在一個不愁吃穿的環境裡往高躥，就算始終高不過別人，但至少他在慢慢長著。這可是破天荒第一遭。他嗅著新衣服上爽爽快快的陽光味，心裡得意了起來；他覺得自己好中意腳底下踩著的土地，這水圳邊一大簇一大簇的杜鵑花、馬路旁頂天高的椰子樹，都讓他覺得說不出地稀罕，說不出地順眼……這樣想著，他再也記不得自己難看的暴牙，他咧開大嘴，打心底呵呵地笑了出來！

那天晚上，椿哥父親不知從那裡搞來兩張招待券，爺爺帶著椿哥去中山堂看國防部贊助的名伶大會串，戲碼是《木蘭從軍》。一來是椿哥起得太早，二來是座位也遠了些，幕啓後不久，椿哥就在昏暗的光線裡偏著脖子沉睡過去。後來回家的路上，輪子高高的人力車，還有城門樓上的大月亮，倒讓椿哥記住了許久不曾忘。

7

叔叔畢業甫滿一個月，就在高雄一家機械工廠找到工作。叔叔南下之後，那年秋天，椿哥見到的父親總是悶哼哼地透著點急躁，有時候說不出地陰沉，有時又異常古怪地揚著眉毛自言自語，晚飯常常不回家吃，即使回來，飯後抹抹嘴巴就又不見了身影。

原來，他父親最近經人介紹認識了一位天津小姐。據他父親打聽的結果，這位小姐的令尊過去領過兵、也當過市長，可惜已經死了，但是，椿哥他父親充滿希望地想——百足之蟲死而不僵——事成之後對他的官運一定大有助益。

其實，椿哥他父親除了沒什麼原則、少幾分志氣的毛病之外，並不是斤斤計較的人。但在兵荒馬亂的年頭，他多少看過一批橫財致富的人，而這幾年坐辦公室養成的好逸惡勞的習性，便不能不督促著他時時想著那些例子，亦油然生出一些羨慕。因此，談戀愛之餘，他這點精打細算毋寧說是應當的——無論如何，這與前程有關的終身大事值得他好好想一想，或許這就是他平步青雲的惟一機會，他因而也變得患得患失起來——他可是紳士翩翩地扶起小姐的腰，在「新生社」的舞池裡暈陶陶地轉，跟著音樂暈陶陶地蓬拆，這一剎那，似乎下半輩子的飛黃騰達也是注定的了……但是，只要回家的路上給涼風一吹，他又馬上洩氣了——一旦弄清楚眞相，人家小姐還會看上他嗎？他總是娶過老婆的鰥夫，加上拖老帶小，人家小姐會要他嗎？——他喪氣已極地望著家門前兩級石階，階上橫七豎八地擱著幾雙舊木拖、破球鞋、綻了口子的黑布鞋……，這一刻裡，他簡直連舉步的力氣都沒有；恰巧睡眼矇矓的椿哥又從紙門後面飄出來，眼珠子轉啊轉地轉出一些鬼祟。

「這孩子，愈來愈不討人喜了！」他搖著頭瞪著眼前形容猥瑣的兒子，心裡突然湧上來一股說不出的厭煩，就像他當年厭恨過小鄉下的陋規、鄉下佬兒渾身上下那股子土腥氣——他這麼個體面的年輕人可是待不住的！他要出去闖一闖，他可是逮著機會就要逃出去！

那年，是個八月十五夜晚，他站在玄關裡回想起多年前的事，那晚上，踩著一地影綽綽的月亮光，他拋下家、拋下那個鄉下女人跳牆跑了，恰巧趕上那時節青年從軍的隊伍，從此也就穿上了一身「二尺半」；那時候擠在領被服的行列裡，他還有點鬼祟地心虛，總覺得丈人家那幾口子會提著燈籠找了來，把他揪回鄉下去。

但是，想當年那個青黃不接的時代，到處的人心都是開鍋水似的，沸騰騰的——那麼，倒也不必單單怪他，當年跑得有欠厚道，他不是個壞人，至少，他從來沒存過什麼損人害人的心思，但放著他那念過洋學堂的腦袋，他總不能不爲自己的前程打打算盤；無論如何他可是堂堂一個新青年，家裡人卻把他當成鄉愚來待遇（待下去，大概也就眞成了鄉愚），活活就是糟蹋人嘛！

這一時刻，斜倚著玄關裡刷白的粉壁，他不禁頗慶幸地拍拍胸口。四周圍的富士山在燈罩下閃著靜靜灩灩的銀紅，一時他很爲自己當年及時脫身的那份機伶而沾沾自喜，但轉念再一盤算，於今倒也沒落著什麼實質的好處，那擔子還是牢牢壓在自己肩上。這麼一來一往地琢磨著，他忍不住又煩躁起來，當年逃家的那份想望、那份不甘認命的想望，又在身子裡滋滋煎煎地，攪得他心煩意亂。

「爹——」正當這個時候，椿哥卻楞頭楞腦地張開嘴。

可憐，椿哥一個「爹」字尚未完全脫出口，便先看到他父親原已十分陰鷙的臉色，椿哥手臂一哆嗦，茶杯跌到了榻榻米上。沖泡過的茶葉在水漬裡漂著，烏烏鬱鬱的，轉瞬又沾上些榻榻米縫隙裡的灰垢——那灰垢，在椿哥眼前越變越大，他平日怎麼沒看見，怎麼沒擦乾淨呢？——椿哥又羞又急，他笨張著一隻手站在那裡，喉嚨裡咕嚕幾聲，沒說出話，只是越發顯得愚癡了。

同時，他原本還有些猶豫的父親，卻在眼睛瞟過椿哥的一霎間堅定了，不是他心硬，但，與這個家攪和在一起，他的下輩子也就完了——他可是一定要想辦法瞞著，無論如何要想辦法瞞著，瞞一時算一時，先把婚結下來再說。再怎麼說啊，這年頭，一個人先要對得起自己才是！以前只是瞎鬧了一場。他根本不能算結過婚。根本就不算娶過老婆！豈不是嗎？那樣逼著他上架的婚姻那裡能夠叫作婚姻？那樣的鄉下女人那裡能夠擺上檯盤？況且她也死了——最好的是一切尚可以重新來過、重新開始——新的生涯、新婚的妻子、新的家，這樣也才不至於虧待人家年輕小姐。問題是，椿哥往那裡擱呢？還有老人，老人住在家裡也很不方便，倒是往那裡安置好呢？

於是，椿哥的父親在玄關上坐下來，換上一支為約會而準備在身上的「三炮台」，珍惜地吸兩口，煙霧裡，他那與椿哥酷似的、疏淡的兩片眉毛，也如同在椿哥的小臉上一模樣，一陣抽搐之後便彎彎曲曲地虯結起來……

當他又點上一支菸的工夫，腦袋頂突然亮光一閃，記起弟弟才從南部寄來的信，說是新買了輛腳踏車，也分配到了宿舍，雖然沒說房間多少，信中倒誠心誠意地問爺爺要不要下南部玩幾天——想到這裡，椿哥他父親眉頭一鬆，順勢站起身子。這時，他那菸油充沛的臉膛在六十燭光的燈照下，像是新上過一層釉，映著屋梁間那「抬頭見喜」的紅紙招，正散射出一種新郎倌的洋洋喜氣，而他鼻梁兩側那些細細淡淡的麻子，就像紅紙上灑的金，一粒一粒地在油光裡活鮮鮮地奔竄起來！

8

平快車在縱貫線上飛馳著，初冬天氣，爺爺和椿哥下高雄去。

椿哥上車不久就倦了，倒也沒有睡熟過，他始終迷迷糊糊的，每次醒過來都看見車窗外面非常地亮，吊在高處的木牌子大概寫著站名，底下是雜亂的聲音和人影，有叫賣便當的小販，有人提上來好大幾簍柑橘。然後火車開動，他又昏昏沉沉睡去；偶爾車廂發出「空通、空通」大力碰撞的聲音，爺爺告訴椿哥這是在穿山洞。

後來椿哥看見爺爺盹得難受，索性讓爺爺側身躺下，自己則一骨碌滑到椅子底

下。地板上有陣陣尿騷味，還有尖而長的竹刺，從別人腳下的竹簍子裡橫插出來。椿哥蜷著腿，隨時挪移身體的位置。火車過鐵橋的時候，椿哥突然被汽笛聲驚醒，從鐵軌震動的聲音裡，他感覺身底下空蕩蕩的，隔著一層並不厚的鋼板，就是好深的懸崖。

復歸於規律的震動聲裡，椿哥又閉上眼，卻再也睡不著了，總覺得睡在懸崖頂上，一腳踩滑就陷了下去。一會兒又像掉回家鄉那些驚心的傳說裡。青紗帳起，就是土匪出沒的時候，總是夜半把肉票綁了去，夜半又從牆外扔進來一片切得薄薄的耳朵。天一黑爺爺就檢點著上起門閂。那些奇奇怪怪的傳說，好像跟黑夜總是脫不了干係……椿哥記起幾年前船到基隆前一天，在艙裡的吊鋪上，他也是這樣胡亂地想了一整夜，只是那時候，他是太高興了，興奮得睡不著覺，他滿以為見到父親就什麼都不缺了，這次呢？再回台北就又多出了一個「娘」。「娘」，那眞是奇怪的稱呼。他始終沒叫過。他吧嗒吧嗒嘴皮子，想試著叫叫，卻怎麼樣也叫不出聲。他又努力試試，喉嚨裡咕嘟一下，大概發出了不小的響聲。他趕快覷著眼瞧瞧座位上的爺爺，卻只看見老人兩條濃白的口涎，順著鬆垮垮的面頰往下流。這一瞬間，椿哥忽然傷心起來了。他記起小時候聽過的童謠：

「有娘的孩子似珍寶，

沒娘的孩子似蒿草。」

如果有親娘，他還會這樣冷颼颼地趴在地板上嗎？如果有親娘，她大概會替自己蓋被子吧！這樣想著，椿哥淚眼模糊了……他可是真的想都想不出來，有親娘是個什麼樣的滋味啊！

9

叔叔廠裡作員工宿舍的大雜院，是日據時期留下來的兩層樓建築。椿哥叔叔分到的是一樓靠邊的兩間，窗前一棵好高的木瓜樹，他們在樓下聽得見樓上木屐咯登咯登走路的聲音。

爺爺自己一間，睡在惟一那張篾床上。叔叔的房間小些，擺的是廠裡借來的行軍床，木腿上還有毛筆寫的編號。椿哥就睡在叔叔旁邊的壁櫥裡。他們那間樓上常有人泡澡，只要水不住從木桶裡漫出來，他們的天花板就鼓出幾個大泡，他們常望著天花板，擔心有一天會連人帶桶一打刮子頭頂沖下來。晚上老鼠吱喳吱喳的，好像正在椿哥的腳底板競走，一天早晨，椿哥從被窩裡拖出來一隻沒氣的耗子，大概是他翻身的時候壓死的。

儘管住得擠迫些，日子倒是挺新鮮，吃的用的也比北部便宜。本來椿哥和爺爺只打算過了他父親的婚期就回去，沒想到住了好一陣子，椿哥他父親總共寫了一封信來，絲毫也沒提要他們回去那檔子事。爺爺心裡漸漸明白了，才作長住的打算。

椿哥倒還寧可跟著叔叔爺爺過，大雜院的日子也比較有意思。除了黃昏時家家戶戶一齊生火的滋味夠嗆之外，別的他眞沒覺出什麼不好來。

又過了月餘，他父親寄來一疊結婚照，新娘子很年輕，頭髮電得都是小圈圈，眉毛畫得烏黑，底下的眼睛好大好圓；爺爺不喜歡，說是像「龍眼核」。她嘴脣厚厚的，鮮紅的向外凸出來，許多年後椿哥才搞清楚那其實是照相館加塗的顏料。論本人，女人的嘴巴不算大，長在眉眼分明的臉上很相稱，端的是副不怒而威的架勢；但不管怎麼說，的確不像椿哥心目中該叫「娘」的模樣。

照片裡，他父親穿著銅扣子的畢嘰軍裝，頭髮在油蠟裡一絲不亂，或許太整齊的緣故，竟一根一根顯得稀疏；眼角擠弄出雞爪子似的小皺，連胸前那朵大紅花也萎萎地垂著頭，反正眞比不上身旁新娘子的青春正盛。據他父親的信上說，他們的集團結婚由總司令福證，司令夫人還贈每對新人十隻磁碗，後來中廣公司也特別做節目訪問他們，十分風光云云。

之後，椿哥他父親既然沒有接爺倆回去的意思，他們也漸漸住定了。叔叔倒是打心眼裡希望盡這份孝道，他一直記得那天早晨接火車的時候，月台上一老一少茫茫的身影，他發誓要好好照料他們，盡他的能力！

南部的日頭好，天氣也暖，爺爺不再那麼勤著曬被，看中了防空壕邊的一塊空地教椿哥種青菜，他們爺倆頗起勁的種下番茄、扁豆、絲瓜之類好長的東西，自己吃不完還分給同棟大雜院的鄰居們。院子裡的男人都是叔叔廠裡的雇員，本省籍多些，渡海來的又分像椿哥他們這樣三十八年來的，以及三十八年之前來的，而三十八年才來的與早一步過來的相比，多少顯得寒酸些……

既是同住在一個屋簷底下，肘子碰肘子的，倒也沒什麼好分，見面都拱拱手，再南腔北調地打個招呼。女人之間更不用說，早破除了省籍交上了朋友。

雖然是如此，習慣仍然稍稍有不同的地方。椿哥印象最深刻的便是同住本省婦人的勤勞，常看見她們捲著布把兒跪在地板上揩抹，儘管這種舊屋子怎麼擦都是灰不溜丟的，她們還是使勁地抹。她們亦喜歡擦門上的玻璃，雖然那玻璃也不周全了，有幾塊乃是木板替置的，仍阻擋不了她們要家中一塵不染的決心。

10

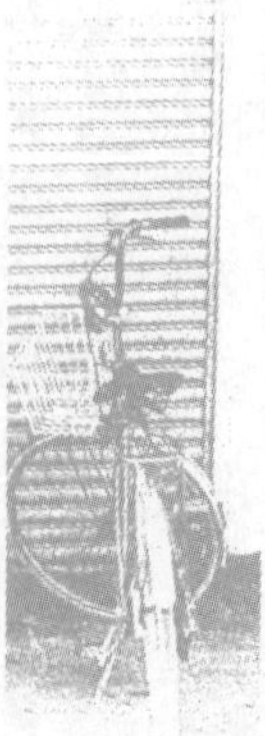

大雜院中與爺爺口音差不多的孫媽媽，很快就與他們爺倆最熟稔起來，去菜場之前會先來問問椿哥要什麼菜，蒸的韭菜餡餃子也會先拿給爺爺一籠。她還教椿哥做麵食、打爐包，又常喳呼喳呼地要替椿哥他叔叔作大媒，她只要一見椿哥他叔叔就扯著喉嚨喊：

「這那成呢？屋簷下三個男人，過的什麼日子？你快點兒討房媳婦兒，粗胳臂粗腿的，俐落些的，把個家撐起來，老的也有個照應。椿哥嘛，讓他倒出手來，學個手藝兒，將來敢情也混飯吃啊！」

「孫太太，您太費心了！」椿哥叔叔淡淡地答道。他天生不是拒絕別人好意的人，惟獨這一點上，他實在有他的難言之隱。自從機械工廠裡做事，與他最投緣的就是一起進廠的會計小姐薛之惠，天天辦公室裡，他只看見了薛小姐蒼白秀緻的臉、好瘦的一把腰肢，偏偏兩邊顴骨上紅灩紅灩的，薛小姐又愛穿一些蓮蓬袖的襯衫，露出細弱的一截胳臂。椿哥他叔叔只覺得一顆心撲通撲通狂跳，愈來愈不能抵擋那莫名的吸引。椿哥叔叔本來愛的是文學，後來雖然改行念了工程，但他心裡還是受一些神祕的、唯美的意念左右。此外，他最醉心的是人道主義的理想，所以，當與薛小姐談了幾次話，知道她是流亡學生一路出來，沿途受了不少折磨，不久前還常打擺子，在台灣又一個親人都沒有，這實在堪憐的身世，教椿哥他叔叔更放心不下了。椿哥他叔叔一向是有擔當的人，他打定主意要盡自己能力照料薛小姐。

但是，薛小姐的身體實在比椿哥他叔叔所能想像的更要壞，下兩個月乾脆病倒了。椿哥叔叔帶著奶粉之類的滋養品去看過她幾次，病床上的薛之惠面頰燒得像天上的彤雲，兩枚顴骨一刀切過似地聳起來，又加上乏人照顧，連暖水瓶都倒不出一絲熱氣來。

薛小姐每次見到椿哥他叔叔就像見到了親人，淚眼汪汪的，還不忘述說她急著回廠上班的心意。椿哥他叔叔實在不忍心告訴她廠裡的決定——據說薛小姐有肺癆，大概也是眞的，後來又據說醫生開過證明，證明不是傳染的那一種，但是無論如何，廠裡已經請了新人——椿哥他叔叔怔怔地望著病床上的薛之惠，面前這瘦陷卻清新的面龐仍讓他有最深沉的悸動，也依然激起他做英雄的情懷：

「英雄不是沒有卑下的情操，只是永不被卑下的情操所征服……」椿哥他叔叔在心裡默念著，因此，該說的話更說不出口了。怎麼說呢？叫他怎麼說呢？難道告訴薛小姐廠裡已經把她的辦公桌清出來了。椅子上坐著新來的曾小姐，黝黑健壯的，笑口常開的，只是，那不是薛小姐。薛小姐才需要自己的保護——椿哥叔叔想著，這樣想著，他第一次氣恨自己了。他氣恨自己太窮，氣自己賺得太少，家裡三口人吃用已經花罄了全部的薪水，他實在沒有什麼餘錢再去幫助薛小姐。除非，他咬緊牙把薛小姐娶進門，一個屋簷底下養，或許還有可能顧過來。

娶個病怏怏的女孩子進家，這舉動是偉大的，但是，對椿哥叔叔這個剛出了校門的大學生，卻有點像豁出去硬幹了。這樣想著，他心裡忍不住一陣一陣發毛，當然更多的還是沾沾自喜的成分；可是，他畢竟不是那麼樣認眞地歡喜，不像前些時從車站接爺爺和椿哥回家，那股坦蕩蕩的驕傲勁兒。無論如何，奉養父親、撫養姪兒是頂天立地的公義事，至於娶進一個病妻子，則多少有點像是自己硬把自己的脖子往繩圈子上套。

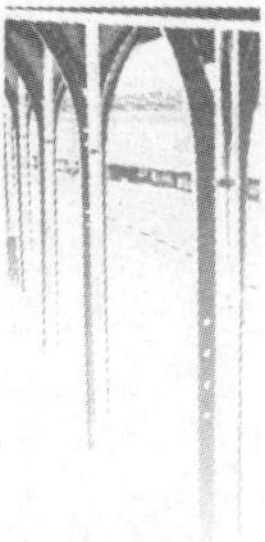

11

兩個月後，椿哥他叔叔在簡單的儀式下舉行了婚禮。薛之惠成了椿哥的嬸嬸。

廠裡的同事暨熱心的鄰居們紛紛湊份子送禮。小小兩間屋裡擺滿了新家具，立刻十分喜氣。自然，前一天晚上椿哥得從叔叔屋裡搬出來，到爺爺屋裡去睡。此後的飯桌上也要多添一雙碗筷，倒沒什麼大不同。

大概眞是沖了沖喜，膳食也滋潤多了的緣故，婚後新娘子的病體大有起色，臉色不再紅得嚇人，下午也不大發燒，但還是懨懨地沒什麼力氣。所以，多半天他嬸嬸還是在床鋪上躺著，由護士小姐隔日來注射兩針。

喜事辦完一個月工夫，椿哥他父親從北部寄過來一包賀禮，好大一個盒子，擱在手裡掂掂，大沉沉的。大雜院幾個太太也聽到了風聲，爭著要看新郎在台北的大哥寄來的禮。爺爺一霎時更是像個小孩子，危顫顫地先去找剪刀。等到叔叔打開盒子，剝出花紙一看：一家人頓時傻了眼楞在那裡。占地方的是兩個搪瓷臉盆，盆底下俗豔的牡丹花像張著血盆大口，盒子底下翻了翻，又找出兩管「四合一」牙膏與兩條「三花牌」毛巾。

毛巾上還附了張辦公室的收發紙條，上面寫著：

「茲附上臉盆、毛巾、牙膏各一對，新婚誌喜，吾弟查收。

你大嫂分娩在即，接爺爺北上一事有所不宜。」

椿哥叔叔瞥了紙條一眼，突然覺得自己哥哥任何時候都難以忘記那一套官腔。回過頭，看見椿哥還瞪著那張根本沒提到他的紙條發楞，他這個做叔叔的人一下子眼眶發辣，十分替椿哥委屈起來。有時候，他眞想找自己哥哥打一架。他記得幾年前，剛到台灣住在哥哥家裡的時候，一次玄關底下來了個駕駛士找哥哥，說是有急事請假，需要長官在假條上蓋圖章。那年輕的下士邊說邊惶恐地垂下頭，青禿禿的頭頂在燈罩底下看得見幾塊拉痢。軍服袖子縮在手腕上面，一副還在長高的樣子。

他記得哥哥怎麼樣先口口聲聲「軍法」地訓了那下士一頓，活像是在幾千人聆聽的大操場上，然後就板著臉叫人家出去。他那時站在紙門後面。他看得清清楚楚自己哥哥臉皮上的漠然，那份冷淡，眞好像深植在皮肉裡面。當時他突然有股衝動，想追在那小兵身後出去，看自己有沒有幫上忙的地方，但他畢竟還是動也不動站在原地，在門後的暗影裡怒目瞪著哥哥，瞪了好久好久。

這一次，他卻連生那份閒氣的時間都不大有，心情也不同了，他像是上了枷的牲口，淚珠在眼眶裡滾滾，也就算了。在他跟前，自有屬於他沉重的負擔：四口人吃飯，再加上妻子的針劑補藥，絕不是他一份薪水所能挑起來的——幸好，他樂觀進取的天性，讓他把磨難當成一種挑戰，他工作得很有勁。但問題是上班不同於念書時候，辛苦了也並不一定有報償，而他所能做的只是一日比一日更勤快——甚至颳颱風的日子他也照樣推著腳踏車出去上班。若是猛的一陣雨打得他透不過氣，他就閉緊眼睛張開口，等到風過了，他才抹去眼鏡片上的雨水，再悶著頭往前踩。那一刻，他覺得自己是勇敢的、勝利的，只可惜廠裡升遷的時候還是未必輪到他。

12

當椿哥他叔叔在南部與生活拚鬥方酣時，椿哥他父親也開始在一竹竿一竹竿的尿布底下，眞正嘗到婚姻的滋味。大眼的女人很條理、很能幹、但也很霸道，最糟糕的是她一點也不像當初椿哥父親眼中的官家小姐，她家理得井井有條，月窩的嬰孩帶得存儉俐落，你簡直挑不出她的毛病。

但是那個聲音洪亮的小男娃還是很能哭鬧，加上窗前新養的兩籠下蛋雞，半打紅番鴨，還有兩隻嘰嘰咯咯的洋火雞……椿哥父親常覺得住在動物園裡。煩極了的時候，除了像困獸似地一支接一支抽菸外，他偶爾也會想到椿哥和爺爺。主要是，他開始懷念那時安靜而簡單的日子。

前些時，他也在心裡試過幾遍，想跟女人提一提爺爺回來的事，但總是沒開口就噤聲了。他幾乎可以料到必然的結果：她是見過大場面的，儘管高興起來話可以說得面面俱圓，頭頭是理——當然那也都是她的理；不高興起來那可就眞是快刀斬亂麻、一刀給你一個痛快的：

「不准就是不准！你想造反？」

的確，他不敢造反，他拚了腦袋都不敢想像要是對妻子坦白椿哥那一段會有什麼後果！這些地方，他還眞怕妻子那股蠻幹的勁，她雖然是個女流，可是那副眼神、那份聲量、那股氣勢，都把他壓得死死的——自從婚後，他成了她眼中的「窩囊廢」，他再也想不透她當初爲什麼要嫁他——難道就爲了找個人不時在嘴裡糟蹋、也在床上糟蹋？

本來，他寄望有個顯赫的岳家提攜自己一把。看來，這主意尤其打錯了。婚後他才曉得過世的丈人原是個清廉的官，加上兒女眾多，岳家實際頗爲寒磣。不但早不復當年官場上的交游，窘迫起來還要靠老部下接濟過日子。這也是他丈母娘想把一個個女兒快快塞出去的原因——椿哥他父親剛好娶的是姊妹中的老大，心性高強，卻也跟著母親看多了官場的涼薄。不過，她偏偏死要爭這個面子，所以她打定主意，婚紗一揭下來可就把話說在前頭：

「我可是不知道你打著什麼如意算盤。可是你要聽著，嫁出去的女兒，就是我娘家潑出去的水，好好歹歹，都憑自己的本事！你不要死沒出息，再拖我娘家關說這個、關說那個；我母親可最瞧不起沒有骨頭的男人。」

就這樣，椿哥他父親搽滿髮蠟的腦門轟地一聲，手腳冰涼起來。他原先也知道這女人伶牙俐齒，但他自忖很能應付，況且——人家是大小姐嘛。想不到才一過門，他就發覺自己錯了，全錯了，注定了滿盤皆輸。一剎那間，他只覺得自己——比在「新生社」跳舞的時候——老了太多太多。那時候，送小姐回家的路上，滿天都是亮閃閃的星星，現實雖然可厭，但是仍有那出人頭地的希望，像星星一樣等著他去摘。現在，他依然每天走過家與總部間那塊稻田，只是星星都隱去了，剩下漆黑一片天空。

有時候，他在茫茫的夜色裡看到一老一少的背影，他會奇異地想起爺爺和椿哥。但是他實在沒有勇氣，他連多看一眼的勇氣都沒有。他只是迅速地躲進巷衖中，讓一老一少的背影自動消失，消失在一往無回的黑暗裡……

13

時序往前輪替著，高雄的人口加多了。除了原有的日式房子，平地上開始起些新的磚瓦屋。大雜院那兩層木樓因爲年歲久遠，漏得太厲害而拆除了。椿哥他叔叔工作的廠房年底也將往郊外搬遷。他叔叔雖然沒有升職，亦算是資深有眷員工，先換進半屏山下一間獨門獨院的平頂房。

如今的椿哥，站在南台灣的大太陽底下，已不再是當年那個拖著兩筒鼻涕、帶著點神經質的孩子了。雖然他還是瘦乾乾的矮個兒，但是他做活的手腳已經完全是個大人，力氣也大多了，只是他要做的事永遠跟著他的力氣長。原因是爺爺歲數大，拉屎尿都有些不方便，需要人撐著。嬸嬸還是病懨懨的身子骨，但幾乎像奇蹟一樣，她自春天起漸漸挺出一個肚子來。

也因爲嬸嬸原先身體差的緣故，老擔心孕期撐不下來，就更講究吃得好。他叔叔其實最愛孩子，只是不敢指望還有做爸爸的一天，這次可當眞樂昏了頭，所以便一味隨嬸嬸的意，由著她買魚肝油、買維他命、買老母雞、買黃鱔魚，也買各式各樣的零嘴吃——錢不夠怎麼辦呢？錢不夠他叔叔可以出差去，出差就多多少少剩一點，所以到頭來，凡是同事不去的外勤他都招攬了在身上。叔叔出差去，惟一會幫幫椿哥的一雙手不在家裡，椿哥的事可是更多了：除了買菜、洗衣服、燒三頓飯外，他要時時聽爺爺的使喚。椿哥忙得一天沒停過腳，當然最重要的，他莫忘了變換著花樣做合口味的菜。

他嬸嬸本來就不活動，懷孕的時候又沒住嘴地吃，吃得肚子滾圓滾圓的，任誰看一眼也知道，生的時候怕是要有麻煩。愈到後來，家裡人都擔著這份心，卻又不便說出來。爺爺不是相信神佛的人，但也天天供著一炷香。尤其爺爺記起了椿哥他娘，也是個細緻的小媳婦，就爲了兒子丟了大人的命。

助產士是請到家裡來的。椿哥從來沒聽過那麼悽慘的嚎叫聲，一陣緊似一陣，椿哥一直閉著眼睛告訴自己，他嬸嬸要死了。他記起前一陣子他嬸嬸嫌菜做得不對味，他還心裡嘟嘟囔囔地不服氣。現在，報應來了。他嬸嬸要死了。椿哥嚇得攢著拳頭，在他嬸嬸呼痛的聲音裡繞著牆走。他真是又悔又恨。他或者詛咒過嬸嬸，有幾次嬸嬸叫他還裝聽不見，現在報應來了，他錯了──他恨不得代他嬸嬸受這場罪──嬸嬸你不能死啊！

但是，椿哥小看了女人的韌性，即使是一個終年病弱的女人，也有她不可褻瀆的生命力。她嬸嬸沒費太多勁又活過來了。同時哇啦哇啦的，還有個渾身鮮紅的小娃兒。是個女娃兒，長得透胖，小眼睫微閉著，手掌與腳板上儘是些粉嫩的洞洞窩，那就是椿哥的宛妹妹。

從此，除了照顧老人、照顧月子，椿哥又肩負起保姆的職務。沖奶粉、換尿布，椿哥真是忙得團團轉。尤其一晚上起來好幾次，把椿哥折騰得成天際暈暈乎乎的，光忘事！實際上，一家人都被這新來的小娃兒攪得不安寧。不安，卻是興奮的，特別是老邁的生命更綻放出新希望──爺爺尤其覺得欣慰，如今老二總算也有了後。雖然是個女兒，總比沒有好。不過，還是人家老大命好，老婆頭生就是個壯丁，半個月前來信說是又懷孕了！這兩年爺爺早忘了大兒子的不是，倒處處想著老大的好處：「長子，總是承祧的！」爺爺認爲。老人捋著鬍鬚這樣算計過一周，單單漏了椿哥。忘了椿哥才是他名正言順的長孫，忘了椿哥的將來還沒有著落——或許老人也是有意漏去，往下數數沒有多少年，老人也知道該怎樣揀一些高興的事想。至於煩心的、放不下的、解也解不開的，就還是忘一天算一天吧！

椿哥倒眞是一心一意地疼小宛，特別小宛漸漸會看人了、會轉身、會笑了——看著那沒牙的小嘴往兩邊一扯，綻出了一個花朵般的笑顏來，眞是一種莫大的快慰。但，盯著小娃鮮嫩的生命的時候，椿哥又常會突然聽見自己心裡哀嘆的聲音，彷彿也因此才看出自己生命眞正的缺陷。原來，有人疼有人愛是這麼好的，他注意著嬸嬸目視小宛妹的眼神，那是母親的慈愛啊！而他一生中從沒有得著過。必然也是這個原因，所以——無論他做活做得多麼辛苦，他總顯得有些兒多餘，就像他無論穿怎麼樣一身新衣裳，也顯得灰撲撲不十分起眼，像「屎蚱蜢帶花」——有點臭美。而有親娘疼的孩子就不一樣。因爲在母親的眼光下，自己本來就是那最美好的、本來就什麼缺點都沒有、本來就合該這樣相信——嬸嬸沒有力氣抱起小宛，但她柔軟的手拂著小宛的額、小宛的臉、小宛圓圓的肩膀，那儘夠了。嬸嬸也沒有母奶可以餵小宛，但她把小宛兜在懷裡，定定地看小宛小嘴巴一嘖一嘖地吸奶瓶，那也儘夠了。椿哥垂手站在嬸嬸床邊，望著窗外一些紛飛的水泥灰屑，哀哀地想起自己的親娘，自己連祭日也不知道、連相片也沒有一張的親娘。這一剎那，或許是年齡也到了的緣故，他默默嘗到了屬於他自己的澀苦，澀苦中，他也獨自品出屬於生命的殘缺……

14

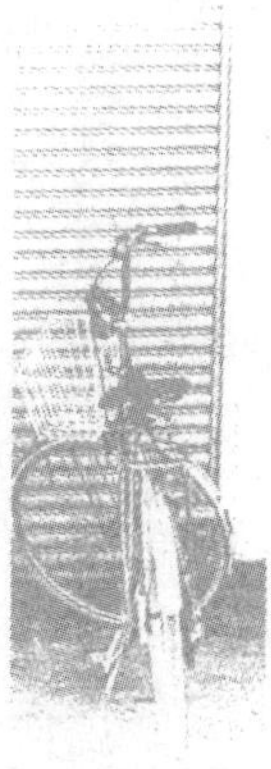

同時，一年一年在南台灣豔陽的催化下，椿哥總算趕上了他多年來落下的進度，有些成人的跡象了。但是，也許是個性的關係，他的總比人家隱晦一些，在他自己心裡，彷彿也更見不得天日一些。有時候，他簡直不知自己犯下了什麼錯，睡覺時大腿根才會緊繃繃地硬將起來，讓他非要做那羞人的事不可……他在被窩底下弓著身子憋著氣，好像一不小心就會露出那副醜態。起先他還眞搞不清是怎麼回事，以爲自己又尿床了——那也是他多年來深以爲恥的——但這次顯然不是，那比尿水更濃濁的液體顯然更駭人一些。他懵懂地覺得那必然出自寶貴的地方，而他身子裡寶貴的東西就這樣一天天少了，一點一點流走了，於是，他在被窩裡啜泣起來。

有時候大白天晾衣服，在鄰家靠窗檯的竹竿上，他一不小心瞥見那迎風招展的、釘了好幾排扣子的棉布女用內衣，他也會忍不住脹紅了臉。他趕緊低頭朝自己褲襠處溜一眼，他眞怕自己狎邪的意念會在這時候懲罰他地跳將出來——還好沒有。他馬上閉起眼！

可是，才沒隔幾秒鐘，他又偷偷拿眼睛裝作無意地掃過簷下那根竹竿，與水泥廠住得太近，衣服上老是落了一層白灰——可是，那麼多扣子，怎麼穿呀？還用針車線札成細密的圓周。椿哥想著這樣奇形怪狀的衣服怎麼能穿在身上？怎麼穿呢？他脹紅了臉，咬緊了脣，嘗到一絲遐想的快樂，但是，這偷偷摸摸的快意馬上與黑了燈的夜裡那猥褻的動作連在一起，他忍不住狠命地咒罵自己。他知道到了晚上，他又要爲這份邪念付出代價，他甚至用擰自己的肥幫、撕打自己的頭皮來試著拯救自己，他甚至強迫自己睡在冰涼的地上，再不，睡到茅房外面的水泥台上去——但，都是罔然，他還是一天一天虛耗自己，眼睜睜看著那濃白的生命從指縫間迸出，以致他永遠也不可能像別人長得那麼高——他悶悶地想。由於這樣，他寧願白天在嬸嬸的支使下盡量忙累，跟在小宛的兩條小胖腿後面不停地轉，只要晚上可以睡得香甜，只要，只要那些模糊的、荒唐的、猥褻的念頭不要再來捉住他！

因爲這見不得人的事，椿哥常常睡不好覺。這次的睡眠不足又不像小宛剛生的那時候，那次是單純的疲累，這次卻加上心裡的重擔。他失去了平日的胃口，不停地往下掉磅，亦很快消減了這若干年來勞動出的筋骨勁。走起路來，搭拉著肩膀，垂著脖子，倒活像太陽底下搧合搧合的一截細竹竿——這種時候，就也尤其看出椿哥的孤苦伶仃——他只是傻不楞登那麼一個人，沒有兄弟、亦沒有朋友，既沒有地方去訴委屈，也沒有地方去解疑難，他只是在心口噎著、在肚裡憋著，做事的時候或許會暫時忘掉，但只要閒下來，腦袋壓到了枕頭上，他就又覺著了這塊堵在身體裡的東西。

白天，椿哥強打精神做事，爲的是把自己累得全身發酥，好想也不想就去瞌睡。他彷彿是個上了發條的機器人。他掃地、他洗衣服、他買菜、他煮飯，他替全家人刷洗澡盆、打洗澡水……實在乏極了的時候，他才允許自己上床去。可憐的是，即使這樣子折磨自己，睡在床上，那些讓他惱羞的、讓他發虛的鬼念頭還是不肯就此放過他。全身燥得難受，他決定再去沖冷水澡。他坐在冒著寒氣，並發出黯淡的金屬光澤的鋁盆裡，看著自己，蠟燭一樣慘白的身子，與成天曝在太陽下的手腳好像屬於兩個人，也正像他截然分明的白日與黑夜……椿哥在水盆裡一陣陣起著雞皮疙瘩，嘴唇咬出青白的牙齒印，便是這樣，他才覺得乾淨些了。

當他從冷水中跳出來，剛把自己胡亂擦擦乾，隔間的爺爺已經扯開嗓門哀叫起來，於是椿哥又跑過去侍候爺爺小解。等到再躺回床上，冷水澡的功用說不定已經過去，他又要開始抵抗腦袋裡亂七八糟的念頭，……對椿哥來說，那時候的夜，就是這樣沒個盡頭。

15

這段最黑暗最苦悶的日子，椿哥亦想過把自己心裡的事都一掏說出來，說給別人聽，至少多個人出主意，椿哥想。

但是，問題是誰要聽呢？叔叔顧自己一家都來不及了，難道跟叔叔去說？椿哥最想的還是去交個把朋友，只是怎麼交呢？他是這麼孤單，誰又要跟他做朋友？

比方說，椿哥實在很羨慕街頭上那些拉三輪的哥們。他每次經過巷口都忍不住停下腳步，朝他們望幾眼，他們看起來一點也沒有煩惱，脖子上搭了條汗手巾、手上夾了支「新樂園」，張開口就是你一言我一語地逗樂子！

椿哥從他們身邊走過，總是很留心他們說些什麼，大夥兒的話，雖然口音或有不同，話題不外是繞著這拉車一行的苦樂打轉轉。那個在座上翹著腳風涼的，仰著脖子對正水壺連連嚥著，然後又朝馬路上熱滾滾的塵砂啐了一口，才悶哼哼地說：

「她奶奶的！大清早就要我拉著她去什麼她奶奶的幾號公墓。她奶奶的！活像那『小寡婦上墳』的道道兒，眞有那麼些神眉鬼道兒的！」

另一個瘦高佬，汗背心露出幾個圓窟窿，啞著嗓子接下去：

「你不拉早知道讓給我！你沒看看咱跑渡船頭的那一趟喲！」

「你的怎麼了？」翹著腳的把水壺轉轉緊，好奇地問。

「甭提了！咱遇上的是個飛機頭的小油滑兒，大概是趕約會，一路要咱加力踩，非跑上一蹦子才稱他的心！到頭來還嫌咱慢，害他誤了點，硬是少給咱兩塊錢。你看看！這年頭，人老了大概連拉車也嫌候！」

「您啊！不是人老了，是跟家裡我的新大嫂相好得很勤快，夜夜春宵囉！小腿肚當然不聽使喚囉！」一個機伶伶的少年家，一腳才滑下踏車的蹬，就快嘴快舌添上一句，原先幾個蹲在樹下涼快的也都哄哄笑了起來。

那背心上有窟窿的小老兒頗有點惱羞，脹紅了臉說：

「夥計，不是咱誇自己個兒大，咱扛著箱子逃難的時候，你還不知道姓什麼。所以嘛，你不清楚咱在家是幹什麼的，咱是眞沒出過這份死力氣，是王八羔子共產黨占了咱家鄉，沒轍了，才做兔崽子拉三輪！」

「拉三輪也不錯啊！你看你娶上了大嫂，大嫂又馬上給你生小兔崽子囉！」少年家繼續油嘴滑舌地講，但戲謔中沒有絲毫惡意，大家點點頭又哄笑起來。

這樣一說一笑，那先前還通紅著臉的老兒氣倒是完全平了，還興頭起來：

「是啊！小夥計！拉三輪車還眞不賴，咱就教咱那娘們儘量生、多多生，咱拉三輪也養得活，最好生出一排小壯丁來，殺共匪的時候也有看頭。咱也跟咱那沒見過世面的娘們誇下口，說你跟著我總沒錯，那一日反攻回去，我也帶你回去看看，光是那祠堂前一排白楊樹，就夠你瞧的！」

椿哥從他們身邊走過，幾乎是忘情地看著這幾個在他眼中極盡粗獷的漢子。他們的胸膛比他寬、胳臂比他粗，而他自己胳臂上卻挽著滿滿一籃菜，籃裡頭還有些腰子、豬肝一類血淋淋的物事，他剛趕早從菜場回來。

16

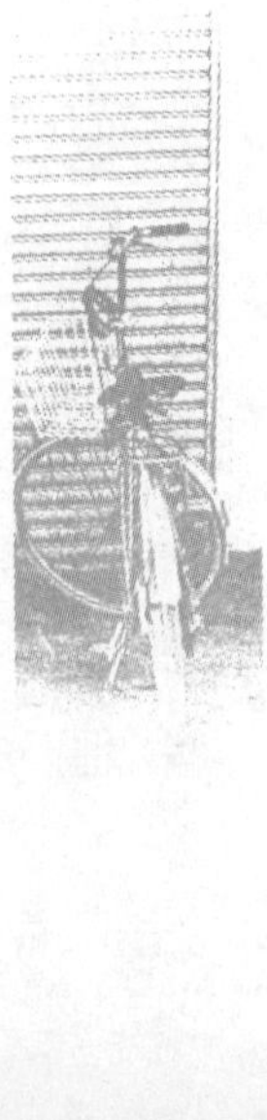

菜場裡摩肩擦踵都是些女人家，這些活生生的娘們，老實說，椿哥倒是退避都來不及，椿哥想不通爲什麼女人一到了菜場上——就全成了——一個路數：撈根蔥摸根蒜的時候把抓把扯的，椿哥揀在一堆的東西，也會被她們捷足搶去。看著她們與小販議價的架勢，椿哥只有遠遠地讓在一邊，這也是嬸嬸常怨怪椿哥買了些爛菜回來的原因。

有時候，椿哥會在肚子裡悶悶地想，女人大概都有她不好惹的一面。別的他是不知道，近便的像他終日躺在床上的嬸嬸，雖然平常懶洋洋的眼皮都懶得抬，但見到了他叔叔那副細聲細氣的黏答，就把他叔叔治得服服貼貼，爲她賣命也甘心；有時候椿哥看見叔叔騎車回來、汗溼了背脊的狼狽相，或者倒洗臉水時，撿到叔叔掉下來的一圈灰灰的鬢髮，他便會爲叔叔心疼大半天！

比較起來，還是男人的世界簡單而容易親近；那時候，家附近一群年紀輕輕、挑磚頭蓋房子的小夥子，便在椿哥心裡投下深刻的印象。

當時漸漸愛往外跑的小宛會要椿哥帶她到大門外玩，最喜歡家後面的小河邊，其實那只是條下水溝，放水的時候，溝裡浮起墨綠的水藻，映著岸邊長條的柳枝，是有點溪溏的樣子；不放水的時候，就成了壅塞的汙池。小宛也不管那麼多，就是要牽著椿哥的手往水邊靠，害椿哥驚得滿手汗，好在不久溝上就加了蓋子，也有人在加蓋的河溝上圈起一方方豬舍，亦有人在豬圈旁建了間小土地廟。

土地廟落成沒多久，旁邊就搭起一張涼棚，棚底下放了幾隻圓桌。掛了個「南華軒」的匾，除了自備笙簫的老人來吹吹唱唱之外，附近工地一批精壯的小夥子亦常來走動，也義務做些貧窮人家的喪葬場面。這批小夥子沒事了就來，二郎腿翹在長條板凳上，他們玩紙牌、嚼檳榔、抽最廉價的香蕉菸，也恣意說一些似乎是放蕩形跡的話語。只是，他們年輕的臉上寫滿純樸，眼光亦多麼誠實。在這樣的一張張臉上，便連猥褻也只是好玩而已——況且他們都說本地話，說什麼椿哥其實聽不太懂，而椿哥只是直覺地覺得他們可愛，與自己是一夥的。椿哥只是一心想同他們一樣，坐下來就自己斟上茶，一隻腿擱在板凳上，用斗笠打著扇子，哼一些俚俗的、帶著點撩撥的、卻又眞是那麼好聽的「採茶調」，可是他不行，他不會。他甚至很少農村的記憶。人家在不遠的鄉下有家，人家只是來大城裡找個頭路，中秋節到了便又拎著大盒月餅回家，一季的汗水便也都有了代價。這樣看——椿哥又與他們隔得很遠，怎麼說也不屬於他們的族類。何況他手裡還牽著小宛，小宛抽冷子跑開了，他還要像個老母雞一樣在後面追趕，惹來別人詫異的眼光……

有時候，小宛一轉眼跑進廟裡，看見金光光的神位就是要拿下來，也弄得椿哥不知怎辦才好。唱南管的老先生都會憐愛地瞧著小辮子一蹦一跳的小宛，高興還拿桌上的糖食逗逗她，可是，他們同時也會狐疑地瞧著椿哥，「你是誰呢？」他們在心裡一陣嘀咕——總說不出來地有些不對，不會是囝仔的阿兄吧！他們相對搖搖頭，便洞明世事地，把這人世間另一樁懸疑吹進嗚咽的簫管裡。

「我是誰呢？」椿哥也會迷糊起來。有時候，睡在打補釘的蚊帳裡，聞著豬圈傳來的陣陣臭腥，再聽到遠遠的馬路上傳來ㄇㄚˋ ㄓㄤˋ（肉粽）的叫賣聲，他也會爲自己的身世淌下幾滴悲情的眼淚。

17

爺爺愈來愈老了，愈來愈有老年人的愚癡，坐在屋簷下曬太陽的時候，皺縮的面皮會突然現出呆傻的笑意。要不就淚眼汪汪的，一天到晚都在醒與睡中間。椿哥閒下來，常會靜靜注視爺爺那張睡著了的、覆滿老人斑的臉，他模模糊糊知道與爺爺相聚的日子不多了！不管怎麼說，爺爺還是跟他最親的人，因此，他要握著爺爺的手，讓爺爺安穩地睡去。

雖然從這年秋天起爺爺又添了咳喘的毛病，這年的舊年倒是特別喜氣，因爲椿哥父親一家人答應下來南部，一來是過團圓年，二來也是趕緊帶兩個孫兒給爺爺見一面，以前每年說要來，每年都耽誤了，今年倒是陽曆年一過就來信說定了日子。

於是，從初進臘月，椿哥又是那最忙的，忙著拆洗被套、收拾房子、蒸饅頭包子、做年糕年菜，椿哥心想，他總該讓那個叫「娘」的女人留下個好印象，因此，叔叔的家一定要收拾得像個樣子才行，萬一，那叫「娘」的女人問道：

「這水泥地啊玻璃窗啊平常什麼人擦拭？怎麼一層灰？」椿哥豈不是像被打了耳括子、豈不是好沒面子麼！

不過，椿哥倒也沒眞心妄想什麼，他憨厚是一回事，遇到與自己最關緊要的事，心眼裡可也有那麼點明白：他早已經偷偷聽到叔叔對病榻上爺爺切切叮嚀，教爺爺千萬不要說漏了嘴，他父親可是壓根沒打算在女人面前認椿哥。

後來，證明叔叔實在是過慮了，自從他兄嫂到家的那一刻起，所有人的注意力都放在三個年齡差不遠的小把戲身上。爺爺是眞心歡喜，這把年紀了，這次才終於算是一家團聚、兒孫滿堂。斜倚在枕頭上的嬸嬸，則怕小兄弟倆一個不小心跌倒了，撞破了腦袋她不好交代，她一條油光水滑的嗓子轉著圈說：

「小孩子就是要頑皮才好，尤其是小男孩，頑皮才有出息。不過也該小心，屋裡面別跑那麼快！我們這是硬碰硬的水泥地，摔一跤就不得了！還是你們住榻榻米房子好。小宛爲了亂跑亂跳的不知捱了我多少罵！」

「我們早拆了榻榻米，換成地板嘍！」做大嫂的女人一邊注意小兄弟倆有沒有去拉小宛的辮子，一邊有條不紊地與她第一次見面的妯娌寒暄。重要的更是擺出她台北人的氣派，不能讓人見著土氣，於是，她從「建新百貨公司」講起，講到鴻翔綢布莊、美都麗電影院、三軍球場的勞軍晚會、白雪溜冰團的盛大公演……然後她談到今年總統府前的閱兵場面，她滔滔不絕地講……她心眼裡，卻巴不得快些走了，她瞪著暗處斷了把手的痰盂、窗口光線中飛揚的塵絲灰末，覺得屋裡說不出的就是有股嗆人的藥味，過完初一就該走了吧！她在心裡默默地盤算，對一旁磨蹭著倒茶倒水的椿哥，她瞥一眼也就過去了，實在懶得多問他的來歷。這一家人，她在心裡嘆道，老的老、小的小、病的病，住下來莫不沾染上什麼細菌才怪！

就這樣，鬧哄哄的，大人招呼著小孩，一家人圍坐吃椿哥一道一道端出來的年夜飯。然而椿哥他父親卻還是膽戰心驚的，深怕一不小心露出馬腳來，所以，剛下飯桌就連遞了幾個眼色給嬸嬸，教嬸嬸帶台北來的大嫂到鄰居家串串。

嬸嬸他們離去後，椿哥才列在排首，領著三個小鬼頭向爺爺拜年，矮下身子撲通通磕了三個頭，籐椅上換成他父親，「鞠躬好了！鞠躬好了！」他父親稍有些不耐地說。

「排好、排好，一鞠躬——」叔叔把小宛馱在頭上叫口令。

椿哥依然站在排首，身邊立著他兩個弟弟，弟弟的新皮鞋油亮油亮的，兩件寶藍的「太空裝」輝映出簇新的光澤，與椿哥身上的那件叔叔的舊棉襖簡直不能比。但是要撇開衣服，細看排成一列的三張面孔，眉目卻是那麼樣地酷似……都是瘦窄的臉，稀疏的眉毛，建一眼睛大些，像他媽媽，建二卻是與椿哥一式的肉眼泡，眼尾的裂縫還有淺淺的褐色，顯得格外溫柔，這就是椿哥的兩個異母弟弟。只是，小兄弟倆從來沒有多看椿哥一眼，當然也沒有稱呼他一聲「哥哥」，他們雖然是小孩子，也能很快地辨別出門簷高低……

於是，在叔叔的號令下，小兄弟倆彼此聳聳肩膀，翻一翻白眼，便悻悻地掠過身旁灰頭土臉的椿哥，對座椅上的父親行三鞠躬禮。父親面對己身所從出的三個兒子，他熱切地眼光專注地聚在建二的身上：「這小傢伙，長得頭角崢嶸，將來可就要看他的啦！」椿哥他父親安慰地想。

事實上，從建二初降生，腦袋還扁塌下去一大塊的時候開始，椿哥他父親已由衷地喜愛起這注定是么兒的男孩子。孩子的媽趁著生產順便做了結紮手術，所以，這是最後一個！同時，他也漸漸步入黯淡的中年，偏疼孩子中的一個，正是他惟一能替自己作的決定……

也是因爲他從小花在建二身上的時間就多——現在愈來愈有些多餘的閒空，總部的職務也愈益像份閒差——這麼多年，他並沒有照所預期的一階一階升上去。他仍然是不上不下的官階，大概也注定了以那個官階退役。事業，實在沒什麼指望了，不如多花點時間逗孩子！而每逢他這麼自憐自哀的時候——像是一種報復——他就更想把這半輩子的冤屈，都在命根子建二身上塡補起來。

有時候，他自己也覺得偏心得離譜，他就會頻頻在心裡唸叨：「百姓愛么兒！」是嘛，他只不過是個沒什麼作爲的尋常百姓。因此，多寵溺老么幾分，豈不正是古往今來至情至性的大道理。

18

那一年剛過端午，爺爺就病重了，說是有一口濃痰胸前堵著，吃不下也睡不好，就是坐在床上，也要椿哥在背脊後頂住。爺爺是眞有放不下的心吧，偶爾身上輕快一點，便示意椿哥牽小宛到跟前來，要她那溫軟的小手替老人家捋鬍子，要不就捧起建一建二的相片楞楞地瞅，更多的是盯住椿哥嘆氣，有幾次竟然還汩汩地流出眼淚。這樣折騰了一陣，眼看就要不行了，卻又突然清醒起來，還記得床底下鞋盒子裡有幾十塊「袁大頭」，是最拮据的時候也沒捨得用的。爺爺說分成四份，孫兒孫女各一份，這件心事了後，也就絲絲縷縷地斷了氣。

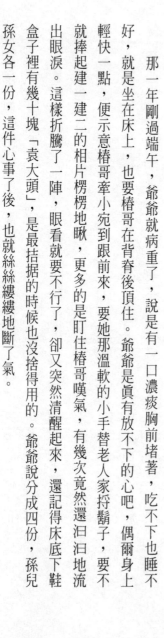

台北的一家倒很快便到齊了，香花素果前有情有義地哭著，當然，誰也沒有椿哥哭得更傷心。爺爺不走不覺得，這一閉眼，椿哥才想起廿幾年自己竟沒有離開過爺爺一步，尤其最近幾年，爺爺走不動了，進進出出都是椿哥揹在身上。那背脊上一口熱乎氣，雖然微薄，卻正是椿哥這些年來的偎依。現在爺爺撒手一走，倒教椿哥那裡去呢？

留在叔叔家過下去嗎？椿哥覺出他自己無論如何是個多餘的人。出去自立門戶呢？眼看他自己又沒那本事！他賣力氣不夠壯、跑碼頭不夠狠，雖然沒有人存心翼護他，他原來還是在爺爺的翼護下長了廿幾年，這樣一想，他看清楚了自己的「窩囊」——雖然——他還是找不出任何「不窩囊」的方法。就像——他隱隱感到懋噎了滿肚子委屈，卻又想不通到底是誰招惹了自己。

椿哥只好嚎啕哭著，哭爺爺也哭自己，或許更希望那晶亮的眼淚水會洗去一些冤枉、照見一條生路。他不停地哀哀慟哭，記起那隨著他年齡逐漸知悉也隨著他年齡逐漸加多的傷痛，他只想從早到晚哭過去，把這最難過的幾天哭過去。以前，他從來不敢在人前哭，總怕哭了招人笑話，這一次，他至少可以放聲大哭，亦未嘗不是最無望心裡的一種沒辦法的辦法——他想，乾脆讓眼淚流乾算了。到那時候，他或許會想出什麼主意，打起他必要的勇氣，現在，他寧可任眼淚盡量往外流，至於日後的事，等挨過這陣子喪事再說。

卻還未守完這七日重孝，靈堂中已經醞釀著那遲早要來的風浪：起先是因爲問及那幾十塊爺爺留下的大洋怎麼分的，然後又看到訃聞上不清不楚的孫輩名字，及至見了椿哥也披麻戴孝痛哭失聲時，那個椿哥該叫娘的女人終於不能不懷疑眼前這排排乾乾、一點也不起眼的小子到底是那裡來的。別看他身材像個孩子，其實年齡不小了，絕不會是小叔的兒子。再對一對面貌，竟——酷似身邊哭腫了眼睛的丈夫。那麼，……真相一下子在女人腦海裡攤現開來，清晰得像她也曾參與作業，受害者乃是另一名與她無干的女人。

「糟了！」她在心裡暗叫一聲，暗罵自己糊塗，上次南來居然絲毫沒有起疑，顯然是太大意，也是太信任身旁這貌似忠厚的老不死了。

「想不到竟還是著了他的道兒！」她一邊心中叫苦，一邊記起當年人家也勸過：勸她莫嫁年齡大過十歲的……誰教自己當年仗著能幹……仗著年輕氣盛不聽人的勸。這可好，結婚第一個十年就多出一個兒子，再十年呢？怕不又多出一個老婆！大眼的女人愈想愈恨，哭音卻陡地尖銳了，好像飽含著人世間的冤屈。是啊，嫁已經嫁錯了，沒出息已沒出息定了，想不到沒出息的當初還有那個膽子騙婚，八成是欺負娘家一門孤寡。她想得咬牙切齒，當下決定是可忍孰不可忍，準備晚上先揪丈夫的耳朵興師問罪，明天再跪在靈堂大鬧一場，看那老不死的以後還要不要在子姪面前做人？

還沒等到天黑，拉著哭腔的女人心裡已經活脫多了，她一向不是硬鑽牛角尖的那種人，事情擱在手中掂掂斤兩，她心裡就多少有了主意。

她盯住椿哥那件窸窸窣窣的粗麻衣，她想著鬧翻了怕也沒什麼好處：一則，這是在高雄，在她小叔子家裡，怎麼說都是在別人的一畝三分地上，哭哭鬧鬧找不到個幫腔的，反而顯得自己張狂沒教養。要鬧，不如回台北去鬧，何時那老不死的認了罪，何時才放他一條存活路，否則，包準他上天下地都沒有門！

二則，這也正是她深心裡的顧慮，鬧開之後如何收場的問題：她再瞧穿著重孝的椿哥一眼，痲繩綑著一把細腰，骨架還不如女人粗，看來除了做做家事的優點之外，多半是個累贅，搞不好，早也染上了結核病……那麼，鬧一場之後難道把椿哥當成兒子帶回去？壞處絕對比好處多得多！現成的問題就是房子，房子太小了，難道教椿哥睡在客廳裡，不太像樣吧！然後又怎麼向建一建二解釋，告訴他們另還有個親哥哥？

「媽媽，哪一個哥哥？」孩子們一定急巴巴地問。

「噢！不是別人！就是叔叔家跟回來那個！」

「是哪個？媽媽！」建二從小傻氣，轉不過彎來，一定追加一句。

「椿哥！」

「椿哥？」

「椿哥？椿哥？」

她可以想像孩子們驚異的表情，建二還好辦，麻煩的尤其是建一。建一正在懂事的階段，不知會不會因此傷了他的心，破碎了對這世界的看法——當女人的心念轉到自己兒子身上，她頭腦變得細密，心情也變得平靜起來，因此，她便像世上所有的母親一樣，爲了維護孩子的利益，自己吃點虧受點罪，那也心甘情願罷！

尤其，她一輩子好強，現在一切的希望都擺在這兩個好孩子身上，其餘的，想通了倒也沒什麼可爭——像是她的青春，已經糊里糊塗葬送到婚姻裡面，婚姻更不必說，即使不知道還有這麼些欺瞞的成分在，本來也是個騙局了。以前牽動她心的，多少尙有她娘家，現在，妹妹們也一個一個拉拔大了，惟一她心裡指望的，就是兩個兒子出人頭地，而她絕不能夠見到的，就是他們有個不像樣的榜樣擺在家裡。那麼，最聰明的辦法就是繼續裝作不知道，有帳要算的話，回到台北找老頭子私下算。

就這樣，一場喪事倒還是平平安安地辦過去了。本來還爲錢擔心，好在叔叔廠裡的同事一向尊敬他做人厚道，送的奠儀不少。加起來喪葬的開支也就差不多了，兩位孤哀子扠淚之餘倒長長地噓了一口氣！

當然，椿哥他後娘還是始終不痛快的，不時找她丈夫挑釁幾句，都是些雞毛蒜皮的小事，旁人勸勸也就過去了。一直等他們回了台北、進到家門之前，椿哥他父親還拍著胸口，自以爲僥倖過了一關呢……

19

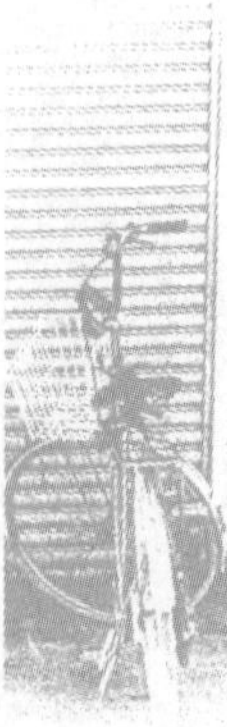

爺爺過世的那年秋天，小宛進了國民學校，椿哥開始有許多不知怎麼打發的空白時間。房子第一次顯得大了，而椿哥在這間房子裡眞不知躺著好呢還是站著好。

儘管外面日頭炎炎，椿哥也寧可出去蹓躂。那時候，城市已開始漸漸邁向繁榮，後車站一帶新起了許多兼作店面的磚造公寓，建材業更顯現出一片好景。市區裡隨處聽到釘鎚的聲音，空氣中飛揚著木屑，甚至河裡也淤積的是，鬱蒸出來臭烘烘的沼氣，預示這都市藍圖中欠計畫的一面——椿哥趿拉著爺爺穿剩的黑布鞋，閒閒從工地走過，在河岸邊浪蕩，熱極了便也躲到騎樓底下。這幾年攤販亦多起來了，一排排芋仔冰、青草茶、愛玉凍的車子，在騎樓底下肩並肩挨著。

有時候，椿哥走得口焦乾，他也想過去買一碗刨冰。他眼巴巴地望著別人，從褲袋裡隨便就掏出一把零票，好像那是自然不過的事。可憐椿哥，長那麼大不曾賺過一毛錢，惟一的財產是爺爺嚥氣前給的大銀洋，可是那樣的錢又不好用，況且也交給了嬸嬸保管著。他每次都學別人的樣往口袋裡摸一把，作作樣子也甘心，有一次居然給他掏出東西來了，是一張團著的五元鈔票，早上買菜剩的，嬸嬸也一時不察忘了要。椿哥想了幾想，紅著臉買來一杯酸梅湯，一咕嚕喝下肚，那味道酸不溜丟的可眞好。可惜路上就肚子痛，回到家瀉了個乾乾淨淨，剩下的錢，他還是乖乖湊在第二天菜錢裡還給嬸嬸了。

大街小巷逛久了，椿哥倒逛出一點門道來：

一次，他見到菜場有家雜貨店代賣饅頭，看起來還沒他蒸的勁頭，第二天他特別把自己做的揣在懷裡，隔著玻璃比一比，他的可是又大又光滑，白裡還透著亮！

那天直等到叔叔下了班，吃過飯洗完了碗，椿哥才結結巴巴地跟叔叔打商量。叔叔本來也正想著該送椿哥去學樣手藝，正愁找不著合適的，這一聽比椿哥還興奮，連連拍著大腿說是好主意，當晚就向嬸嬸說去。嬸嬸雖不是衷心喜歡，但一時找不出反對的理由。她這些年病久了，病床上算算計計的，暗地裡自有她的精明處。但她不管怎麼說還是顧大體的女人，想想還是作個順水人情好了：畢竟只是樣副業，並不至於耽擱了正常的飯菜，也不需要什麼本錢，就由著他們叔侄去搞吧。

叔叔可是說幹就幹，星期天便帶椿哥到銀樓把大洋折了現，扛了幾袋麵粉回來。第二個禮拜，叔侄倆從附近的市場挨著打聽，看看有沒有願意代賣麵食的小雜貨店。別人的地盤他們不作興搶，他們拉的是有意試試的新主顧。結果成績還眞不賴，訂饅頭、花捲的有好幾家，有一家指名要菜肉大包。

有了主顧，又在估衣攤買了輛載貨用的舊單車，叔叔這才想起椿哥原來不會騎車，叔侄倆推著車，到附近國校的操場練了一下午。椿哥擦破了幾塊皮，雖然還沒學會飛身上車那一下，但勉強爬上去了車座便也跌不下來……

就這樣急促促地，椿哥的饅頭生意算是開了張。

20

椿哥他卻像卯足了多年的勁。這些年來，他好像苦苦等待的就是這一天。每天兩三點就起來和麵，天矇矇亮就趕早上菜場，買叔叔家的菜、買包子的餡、再賒一大把花捲的蔥，然後做好蒸好，也涼得差不多了，分批裝入一個個麵粉口袋，再放進木箱子裡，用塑膠布遮蓋嚴緊，綁上單車後座，八九點鐘以前務必給人家送過去——一早上緊張得像是打仗一樣，椿哥卻忙得渾身是勁，心裡還小聲地唱著歌，一哼一嗨地給自己加力氣！

送饅頭要走一段上坡路，他的腳踏車不是輕快的那一種，加上後面還帶個重箱子，逆風的日子，風從他領口灌進去，身上那件衛生衣溼透了，再一見風，裡面的毛孔猛地一收，椿哥的汗在背上好像霎時結了一層霜。夏天，他那件發著餿臭的汗背心一次次溼了又乾、乾了又溼，好像隨時可以刮下來一層鹽。最怕卻還是大雨的日子，他可以學別人穿著蓑衣，但饅頭溼了怎麼辦呢？就算進了點潮氣，也只有原車帶回去自己吃了。

可是，不論颳風下雨冬天夏天，椿哥都是興興頭頭把著龍頭跑。上坡的時候，他把屁股從座墊上抬起來，弓著身子奔。倒不是什麼爭強好勝的心，對椿哥來說，這其實正是他的本分：他喜歡看著自己夾雜在上班的行人車輛間，卻又跑得比誰都要快！那讓他覺得，他的饅頭是要緊的，他是這些勞心勞力人們中的一個，他椿哥——終於不再是那個仰賴別人的——累贅物了。

心裡舒服，看什麼都覺得有趣味，即使正飛快地踩著車，巷子口一隻搖頭晃腦的狗，還是板車上一個大屁股的女人，都會讓椿哥咯咯地笑出聲。送完饅頭回家的路，興致就更好了，甚至河岸泛上來臭烘烘的氣味、半空垂落下的柳枝爛葉，看在椿哥眼裡，亦帶著那麼點優閒的可親。

有時候送完了饅頭時候還早，又不必趕著回去替嬸嬸熱中飯，椿哥也坐下來歇一會兒。有時也顧不得心疼，先慰勞慰勞自己，叫來一碗四神湯趁熱喝，加點香菜末、胡椒粉，桌上的料酒倒下去幾滴，一截一截的肥腸兒在湯碗裡晃盪著——噴香，香得他喘不過氣來。有時狠狠心，再切上塊油炸豆腐，那燙得不沾牙的滋味，更不知美得他怎麼樣才好呢！

到了晚上，被窩裡數錢那就更樂了，他的錢可是一塊一塊不容易賺的。他吐了點唾沫在手指上，把那些爛的、髒的、破損的零票兒收攏在一起，這個動作本身就有一種讓他高興的牢靠——可不是嗎？只要他明天早上起得了床，只要他迎著太陽騎車子出去，總有這麼一小袋子零錢帶回來。

椿哥掙來的錢都放在「金雞餅乾」的盒子裡，一個禮拜交給叔叔一次。叔叔有一本帳，月底會告訴他淨賺多少。

更福星高照的是最近又多出兩家小店訂他的生意，這證明他辛苦沒有白費，大家喜歡吃他貨眞價實的大饅頭。

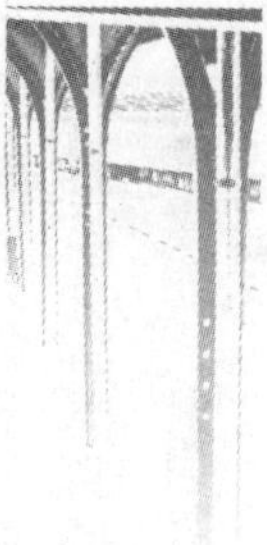

21

椿哥的麵食做得是好沒話說，一年一年也多少打出了字號，可惜，他始終是小本經營，薄利，並不一定能多銷；因爲始終靠他一個人做，一個人送。當然叔叔的境況也沒大好，叔叔家的事情還是一點少不了他。

從早到晚，椿哥忙得連吃三頓的時間都沒有，往往一邊踏車一邊迎風往口裡塞饅頭。還是那輛破腳踏車、還是早上一趟帶著饅頭出去，下午再帶著零錢進來，木箱愈加愈大，他還是照樣爬那段上坡路，也還是照樣那件舊衣裳，也照樣——算不過眼前的這本帳！

雖然，晚上他坐在床沿上，扳著指頭一塊錢一塊錢地數，他算得倒是頭頭是道。但賠錢貼本的一筆帳，又比這數錢的事體複雜很多——也許，這正是椿哥的厚道處，有時候明明菜漲了價或者麵粉的進價高了，椿哥想想，決定包子還是照舊價錢賣，饅頭的大小也從來沒變過——賠就賠點吧，椿哥嘟囔著說，只賺不賠算什麼生意？

就這樣，有時候剛賺進來的又統統賠出去；有時候口袋裡有錢，也不好意思淨吃叔叔的，便在叔叔家菜錢裡把多餘的添進去。即使這樣，幾年下來，椿哥仍然攢下小小一筆自己的錢。

自從有了點錢，椿哥覺得別人看自己的眼光似乎都帶著些「評鑑」的意思，看得他渾身不自在，好像——身上缺了件東西。少了什麼呢？顯然是少個老婆吧！三十郎當的小夥子，又存了一點錢在手裡，接下去，娶房老婆大概是順理成章的事。麵攤陳嫂提過幾次，也帶他看過好幾個。

可惜，都不是椿哥心裡的……。一想到這上頭，椿哥臉陡地紅了。不過，這些年的歷練還是有用的，他的臉皮已不像當初那麼生嫩，有一次他心思又繞著娘們打轉的時候，他終於想清楚女人原來也是人，女人也有好有壞、有厲害的、有不厲害的……。這一兩年來，椿哥甚至自己看中了一個本省女孩子，米店呂老闆家的小養女，她叫春枝。

起先是「春枝」那個名字，脆生生地響入了椿哥的耳朵中，儘管別人正粗聲粗氣地喝使著，但是，椿哥卻自顧自忘情地想道——「春枝」，可不就是老家那「椿」樹上，可不就是自己身上接的「枝」杯麼？——那春枝的名字一時變得好暖和，像個熱「燙婆子」，絨布袋子裝著，邊上靠靠，便與身子多了股子夾纏不清的親熱。椿哥覺得心坎裡一陣燥烘烘的得意，他使勁瞇起一對小眼睛，嘿嘿地壞笑著。

只可惜，按照陳嫂的說法，像春枝這樣年輕輕的小姑娘，是養女，又長得不差，養母養她那麼大，這次打定主意會猛賺一筆，那可眞不是椿哥那點錢能高攀的。陳嫂帶椿哥去看的，多是些屁股大大的婆娘，有的還嫁過一次了。

不過，在椿哥心裡，那些倒不是最重要的，重要的是從春枝身上，椿哥看見到與自己相彷彿的那麼點無依無靠。椿哥叫米的時候，總藉故繞過她身後，癡癡瞪著衣服盆裡泡得泛白的一雙手。

那一雙手，泡在永遠洗不完的一大盆衣服裡，水龍頭的水嘩嘩流著，春枝抬起手臂，揩掉額頭上大顆大顆的汗珠……椿哥癡癡地望著，心裡想的是過去的自己。

那整天做活，口袋挖不出一毛錢的自己……春枝也要照顧弟妹，有時前面抱著、後面還揹著，那幾條寬窄不一的布帶，將她略微發育的胸部，束綁成奇怪的、不均勻的凹凸。

椿哥楞楞地望著，他眼光裡卻漸漸只剩下憐惜——也許不只是憐惜春枝，更是憐惜他自己——那麼，大概亦因爲這份簡單的、同病相憐的道理，椿哥直覺地覺得這樣的兩個人應該放在一起，擱在一個屋簷底下。至少，那樣子的話春枝一定能夠過得好些……不像現在，他只能眼睜睜瞧著春枝挨人的罵，挨呂老闆的、也挨她那些弟弟妹妹的，他只能眼睜睜看著，一點也不能代替春枝受這些苦，惟一他能夠做的，大概就是存錢。

但是，錢存了多少才夠？椿哥心裡其實連個譜都沒有，他只是知道現在還差得很遠。他只是想著錢聚足了那一天，把一大捆鈔票往呂老闆鼻子上砸的那份痛快。然後，他一定拉起春枝就往門外快步走，那時候，所有他這三十年吃的苦都可以算了，都有了代價、都夠回本來了！

至於春枝知不知道椿哥這份心意呢？椿哥也一樣不去想它，不管怎麼說，錢還沒存夠呢！急什麼？——椿哥從小在拮据的環境中長大，雖然沒學會算計錢，卻仍很清楚金錢對自己、對春枝、對這些苦命人的意義：錢是糧食、是活命的依靠、也是開口商量的根本。沒有存夠錢之前，又怎能急著談其他呢？

22

可惜，椿哥的那份積蓄，硬是沒有按照他的心意加多起來。

先是市政府雷厲風行地拆除舊市場，他那些做小生意的老主顧們正首當其衝，雖然大家知道剷平了違建，原地將建起貼花磚的攤販大樓，但一來那是一兩年後的事，二來對新大樓的規畫，大家總抱著懷疑的態度。

照公佈的平面圖來看，除了二樓供賣菜之用外，一樓將作停車場，三樓將是古玩交易所，沒有人猜測得出來這兩種聽起來很奇怪的營業與青菜豆腐、雞鴨魚肉的菜場有什麼相干。或許也怪這些以市場爲家的攤販——他們尚未培養出現代化市民

的眼光，他們只是惶惶地注視著目前，只是在拆遷令下達的最後一刻，把血淋淋的肉攤移到馬路邊，把髒兮兮的蘿蔔挑到人行道上賣……於是，又造成了交通的混亂與警察的驅趕。而代售椿哥包子饅頭的小雜貨店，便連這作「流動攤販」的能力都沒有，他們紛紛關閉起店鋪、或自行尋覓開張在他區的位置。這樣一來，間接受害者卻是椿哥，他的包子饅頭立即失了最穩固的訂戶。

之後，那些小雜貨麇集的眷村也有搬遷到市郊的說法，但在此臆測付諸實現之前，另一項劃時代的新產品已經擠進市場，那就是：「機器饅頭」。吃起來另一個味道，有的還帶著黃褐色，糖漿擠壓成一圈圈的花紋，嚼一嚼甜津津的，尤其受孩子們歡迎。當然，還是有人擁護手揉的勁道，因此有的小店乾脆進兩種饅頭，仍保留椿哥的一份，但不消說，手工饅頭的銷路總是大不比從前。

椿哥眼看饅頭愈出愈少，心裡跟著愈來愈失了主張。白天忙著不覺得什麼，夜晚突然閒空下來，才想到原來這幾年的汗水，竟都有泡湯的可能——他常瞪著天花板，打白天的主意：價錢上已經沒什麼主意可打了，訂下的價目已經不能再低，惟一的辦法只有跑更遠的路、招攬更多的店家，最好是從未見過「機器饅頭」的偏遠地區。

於是，椿哥只有花更長的時間踩腳踏車，因此亦非要更加快踩不可；似乎也只有與越來越壅塞的車輛搶道的時候，他才能替自己掙回一點驕傲，才覺得自己——並不輸那些「砰通」「砰通」響的機器與馬達——太多！

但，儘管他飛車的時候，他心裡那點渺茫的希望，還是在紅綠燈的街道上靜靜地閃著，使他不能集中精神，使他一邊踩車一邊盤算，不但算一天一天的賺頭，還要為遙遠的那筆迎娶春枝的花費打饑荒。

這樣子精神渙散的結果是，他連出了好幾場不算大的車禍。當然，也怪馬達拖動的各式車輛，在他身旁吵得他頭昏……一次他將自己輪子碰扁了；一次他把人家的水果攤子撞翻了，賠了一車蓮霧才了事。最嚴重那次是與機器板車爭道，哐噹一聲就撞上了，包子饅頭滾了一地。椿哥扭了腳不算，警察還把他的車扣去，說他後面箱子太高太寬，加上超速搶線，該吃一張大罰單。

罰錢就繳錢吧，腳扭了也可以貼膏藥，只有不能出去送饅頭，才是那不能彌補的損失。後來椿哥多少能動了，也想出了變通的辦法，他做好饅頭叔叔就揀附近的店鋪替他送去。但是，看著頭頂已禿了一大片的叔叔，上班以前還要推個車子送饅頭，椿哥往肚裡強吞著看不見的淚水……

幾個月下來，儘管又貼膏藥又看跌打醫生，椿哥那隻轉了筋的腳踝還是用不上力氣。而他辛苦攢的那點錢，不但沒有往上漲——修車加治病的算起來——還有些往下落的趨勢！

23

過了一冬，當野薑花開滿河岸，含羞草也柔軟地鋪滿地面的時候，椿哥那隻扭筋的腳才算全長好了。

椿哥又踩著腳踏車到處送饅頭。他的臉頰瘦削去一些，不像以前那麼黑紅黑紅的有精神；椿哥的屁股也總是安分地落在座上，四平八穩地踩著。一場腳傷下來，他似乎長了不少心眼，穩健多了，也不像從前那樣急火火地盼將來了。

在床上養傷的日子裡，那隻轉了筋的腳總算教會椿哥一件事，他知道有些事情是不由人的，像他這麼起早落晚地做饅頭，哪一天不是一個時辰當兩個時辰用？誰知道也有躺在床上數日子的一天！可見，人再拚再強也拚不過天意去。這樣想著，他換了點心平氣和回來。同時椿哥也想通了原來什麼都靠不住，就連自己的身體也有出賣自己的一天。「哎！傻啊！儘會在那裡做好夢呢！」再這樣嘴裡一嘟囔，他搖搖頭，連春枝的事都懶得多費腦筋。

也就因爲揣著這份心病吧，當腳長好了的時候，幾次經過米店門口，椿哥就是忍住了沒進去。或許也是怕難爲情，人家還指望你倚靠終身，你怎麼這麼不中用？跌個腳踝就躺了幾個月。你看你嬌貴的，沒出息！

想不到幾次過門不入，竟眞的耽擱下了。原因是一波剛平，一波又起來了：叔叔一家近來有搬上台北的打算，根由是因爲小宛。小宛暑假後升國二，她一直在班上考第一名，自然希望能上去台北讀書，參加聯考，進最好的高中北一女。叔叔就這麼一個女兒，從來事事以小宛爲重，也就眞的在台北總公司活動成了一個位子，要去這就可以去了。

椿哥仔細尋思過幾回，他一點也不想跟著去。起先還希望叔叔改變了主意留下來，等到叔叔連上任的日子都確定了，椿哥才硬起心腸跟叔叔嬸嬸說──理由他卻又說不清，講出來也有點彆彆縮縮的，敵不過人家娘倆個。尤其小宛一張菱角嘴，從小又快又甜，她烏黑的眼珠滴溜滴溜轉，就是不肯依：「椿哥，好椿哥，你一定要去。人家愛吃你做的便當菜嘛！」小宛一半撒嬌一半撒賴地說。

椿哥站在那裡抓腦袋，愈急愈掏不出適當的話來。

「椿哥！」小宛跺著腳叫了一聲，見椿哥還沒動靜，轉身又向著她媽媽：「不管，如果椿哥不去，我也不去。我們一家誰也不要去好了！」

椿哥聽著，腦子裡亂哄哄的，好像做錯了什麼事……

這種節骨眼上，叔叔一片心還是向著椿哥。他先說明白上不上台北隨椿哥自己，「妳們別逼他！」叔叔說。

「只是，」叔叔想了想，又朝著椿哥道：「你要顧得過來自己才行！」

於是，當晚上檯燈底下，叔侄倆個一本一本算起收支的帳，這一來，椿哥才眞看清楚了他這一行的利錢是多麼微薄。尤其機器饅頭上市之後，顧主少了一半，再算上傷腳那一陣丟下的生意，要靠這個營生吃飯，勉強湊合。再租間房子，恐怕很難！而每個月貼點本的話，原先攢的那筆大概很快也就貼完了。

「你也學人家做機器饅頭，不成？」叔叔怕椿哥難過，關燈的時候試探地問。

椿哥想起了機器饅頭就有氣，「我才不！」丟下一句話，椿哥一掀布帘子進屋去了。

椿哥現在睡的是原先爺爺那間屋，躺的也是爺爺原先那張篾子床。這夜晚臥在床上，椿哥翻來覆去就是睡不著覺……一陣風來，後院的那棵尤加利，在靜悄悄的夏夜裡，擦著屋簷沙沙地響，晾衣架上幾件衣裳，也在竹竿尾窸窸窣窣地翻飛，然後是舀子在水缸裡，撞擊出叮噹的響聲……椿哥躺在床上，傾耳聽著，好像聽的是一些此生再也難聽到的聲音……下一陣風裡，彷彿又傳來一聲悠長的嘆息，像是爺爺的，又像是他自己的。他再也忍不住想到春枝，想到自己這兩三年來荒唐的夢，自己都養不活的人，居然還想要救助別人，把別人從永遠做不完的家事裡救出來。他嘆了一口氣，接著卻又覺得連嘆氣都不值，只是好笑而已……實在太好笑了，他差點為自己的荒唐笑出來幾滴眼淚。

第二天早上，椿哥已經下了決心，自己跟叔叔嬸嬸說去，他決定跟著他們上台北。他是心甘情願的，也因為他沒有法子不去，他養不活他自己。

想不到還沒踏出房門口，叔叔已經在帘子外面叫他：「椿哥！」

叔叔一掀布帘走了進來，搓著兩隻手低聲說：「椿哥，昨晚上我替你琢磨了一晚上，你是個好孩子，可惜——，叔叔不能替你出多少力。我看這樣吧！你要真心想留就留下，既然沒本的生意利太少，你就，乾脆把攢下的錢投資下去，買部舊機器壓麵條吧！」

「別忘了都是你自己的主意，別同你嬸嬸說這是我告訴你的！」叔叔放低了聲音叮嚀一句。拍拍椿哥的肩膀，才走出房間。

壓麵條！椿哥眼睛一亮，眞是的，怎麼從來沒想過，自己原來還可以做別的，原來這世上的路子又何止一條。不願意用機器做饅頭，大可以用機器壓麵條。於是椿哥想著自己，站在一部隆隆轉的大機器旁邊，喔，機器，他記起每天騎腳踏車經過的一排廠房，牆上用油漆刷的圖畫，許多支煙囪、許多個染缸、許多部輪軸、許多具鍋槽，好像還用一樣的速度攪拌著：「噗七！噗七！……」椿哥好像聽到了那鍋槽開鍋的聲音，「噗七！噗七！……」聲音愈來愈大，好像許多人在一齊唱，好像所有的人都在高聲唱……喔！機器！椿哥依稀地知覺到「機器」就是往前走的時代。而趕上前去，趕上時代的腳步，一旦知覺到自己有機會趕上所有人的腳步，對椿哥這樣卑微了半生的小人物來說，是多麼值得感謝、多麼光明、又是多麼令人不敢乍信的幸福啊！

24

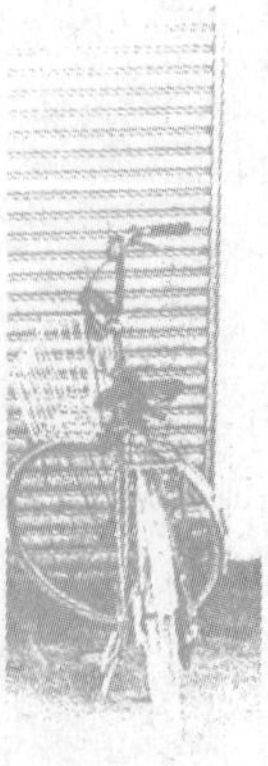

椿哥全部的積蓄換了一台壓麵條機。

壓麵條機老而舊的機型，哐啷哐啷幾個大圓軸子，可是椿哥怎麼看怎麼順眼。也不盡是那股興奮的張狂勁，是一種屬於他自己的放心與穩當，這是他自己的——不只是過去那些年自己的全部心血，而且是以後他椿哥發達、成家的指望。至於目前，椿哥什麼都不多想，他只希望把生意一天一天地做下去，夠他一個人吃，也夠付這間屋子的租。

自從叔叔全家上台北後，椿哥在鐵道旁租下一間板屋，機器倒占去大多半。睡在這除了機器便是地舖的屋子裡，椿哥每天一睜眼就看見這座壓得出寬、窄、粗、細麵條的大東西，摸著汗黑的輪子楞他小小聲說：「兄弟，就咱兩個了，你可千萬賞個臉，別發脾氣，少出毛病，好好地幹啊！你要是一出毛病，你兄弟只好喝西北風了。」

幾個季節下來，壓麵條機還算爭氣的，沒有爲難椿哥。同時，藉著替小攤子小飯館送麵條的機緣，椿哥與幾位老鄉聊上了。其中賣餃子的老潘，是軍隊退下來的，靠六十歲的人，看椿哥像個子姪，雖然嘴裡卻一口一個「老弟」地叫：「老弟，怎麼樣？今兒個生意不賴吧？」

只要椿哥送麵條去的時候生意不忙，老潘一定就歇下手與椿哥扯兩句，有時候老潘還自顧自斟上一小杯高粱，從醬缸子裡撿出一碟花生米，把椿哥按在板凳上陪他。有時候，也叫女人下一海碗餃子給椿哥吃。

老潘家的孩子眞是多，泥地上隨時坐著哭臉的娃娃，椿哥從來沒數清楚幾個，也從來不記得哭聲有停止的時候。而老潘卻像聽不見也看不見，繼續小口小口品他的酒。直等到幾雙小眼睛賊啾啾的饞極了，眼看就要上桌搶花生米吃，老潘才圓瞪著眼咆哮一陣。有次他吼完了還意猶未盡地告訴椿哥：

「那個婆娘！下蛋一樣，一年一個，眞會生。這些都是，還有拖油瓶的。都等著吸老子的血呢，媽的。」

「做牛做馬，也是一輩子喲！」老潘眨眨佈滿紅絲的眼睛，很吃力地說。

於是，椿哥瞪著身邊竹板凳上的老潘：油漬漬的圍裙、老而衰的身架，抖抖顫顫卻不知怎麼還可以拿鍋鏟的兩隻手……瞪著瞪著，椿哥頭一遭感覺出來幾絲生活的可怕。在椿哥心裡，原以爲人能夠娶上老婆開爿小店就算混得頂好的，看看老潘，也不盡然。六十歲的人了，還要人前人後張羅著，有時爲了幾個餃子，還受客人的排揎。椿哥記起爺爺常掛在嘴邊的兩句話：

「人怕老來窮，麥怕胎裡旱！」

是不是呢？老潘婆娑的白髮，昏暗的燈光下跟著剁餡子的節拍霍霍點著。屋裡沒完沒了的嚎哭聲中，椿哥想到自己，自己又怎麼樣呢？自己老了，難道跟老潘一模樣嗎？

自己是個壓麵條的，比起老潘，大概也不怎麼樣吧！椿哥回家的路上一個人悶悶地想。

其實這一年半載苦下來，椿哥亦看清楚了壓麵原來跟做饅頭大同小異，餬口儘管沒問題，想剩下錢的話可要慢慢來，等——好不容易攢夠錢，再——娶上老婆，一定不年輕了。只是，還不算完，並不管保老婆不給你生上一大堆小娃兒。於是，那麼多嗷嗷叫的食口，人老了，倒怎麼可能不窮？

爲了這，椿哥想起春枝的時候心意又淡了些，因爲他實在不知道那一天才能存夠錢。就算娶了春枝，亦難保春枝不給他生下十個八個孩子。還是一個人好，椿哥想，一個人吃飽了一家不餓！

25

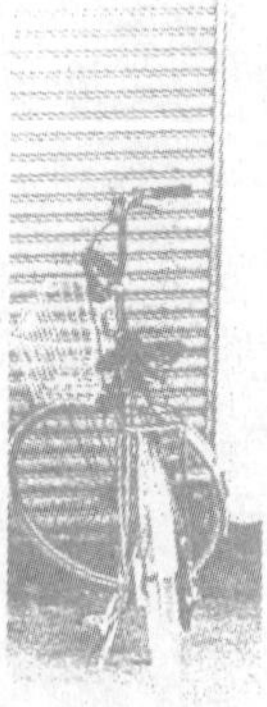

椿哥一個人過，大概時間比較多的緣故，他倒是漸漸不比從前勤快了，他漸漸覺得自己怪辛苦的，便也會想出法子來娛樂自己。當然，他還是規規矩矩地盡量找不花錢的娛樂。

譬如說他喜歡野台戲，晚上騎著腳踏車，瞅著燈多人多的地方就過去了。其實，他未必聽得懂擴音器裡聒噪些什麼，就是看看熱鬧也夠了，總比一個人憋在那間小屋裡強。

他尤其喜歡外場子那些跑碼頭的，不論是賣萬靈丹的、磨剪刀菜刀的、殺蟑螂的、還是變把戲的，都讓他拊著掌大笑。眾人堆裡微腥的汗氣，也讓他覺得異常自在。偶爾瞟一眼聚光燈照耀的台上，椿哥總分不清台上穿金戴銀的苦旦是在哭還是在唱，但看那粉搽得紅紅白白的臉蛋，椿哥又直覺地覺得是有什麼張燈掛綵的喜事。當然，椿哥等待的還是中場時間，有一些裙子短短的年輕女孩子唱歌跳舞，什麼《五月茉莉》，什麼《十八姑娘一朵花》，椿哥也新學會了跟著別人一個勁朝台上飛吻、叫好，還吹口哨；再加上擴音器偶爾發出的尖聲「嘎——」「嘎——」，ㄨㄚˋㄙㄞˋ！那比起白天的送麵壓麵，ㄨㄚˋ ㄗㄞˋ！眞是帶勁極了！

看完夜戲，椿哥也捨得花幾塊錢買碟子炒螺肉吃。雖然他還是很節省，但祭五臟廟的錢，他愈來愈不吝惜。他愈來愈覺得存錢是件長遠的事，急不得的——儘管他還是認爲人應該賣力幹活，但他也漸漸明白像他這樣不起眼的傢伙，就該找些小小的樂子，自己慰勞苦哈哈的自己。

尤其，椿哥想到他現在眞正是無牽無掛了，連叔叔嬸嬸與小宛也都走遠了，誰還來管他？雖然一個人愛幹什麼就幹什麼十分愜意，但有時散戲回家的路上，野狗朝著他多叫幾聲，他又突然覺得說不出地冷清，好像——天地間只剩下他一個人。

夜裡躺在地舖上，他睜開眼見得到窗玻璃外面平交道上的兩點紅星，拖著長長的槓杆，不時叮叮噹噹地舉起放下。火車遠遠地開過來，他的小屋會連著枕木咭吱咭吱地一起振動，然後火車近了，一道光從天花板上快速地掠過，牆壁映出一座龐大的黑影，那是——椿哥的壓麵機啊！只有機器安穩地陪在椿哥身旁，那麼重，那麼拙，卻也那麼牢靠，像個最好的朋友。椿哥伸出手摸摸，心裡多了點暖和氣，這才閉上眼睡了。

偶爾椿哥也會做惡夢，夢見火車朝著自己這間屋衝進來，強且刺眼的車頭燈裡，椿哥掙扎著撐開眼皮。每次做過這千鈞一髮的惡夢後，椿哥不曾想到叔叔與小宛，也不曾想到春枝，卻不知是什麼滋味地，他會突然想念起自己的生身父親……

26

台北，椿哥他父親依舊多年如一日地在總部裡上下班。

一樣的部門、一樣的官階、一樣的兩顆梅花，眼看同一時期的同事都爬到頭頂上了，他心裡也十分不是滋味。尤其，總部並不是隨便可以發牢騷的地方，以至於他的鬱悶是沒法子說的，似乎憋呀憋地更難受了。

其實，自從幾年前一個主管的缺兒升不上去，他就一心一意在等退役。有時辦公室裡握著筆，他會計算起距離退役的年月，把年數、月數一一換成日數，那日子便好像不是那麼遙不可及。有時，他也會十分興頭地加乘起那筆退役金，他已經想好了，他將放棄終身俸的穩妥而寧願一次結清。這些年來，他早已煩透了每個月關那點「小兒科」的餉，他要的是拿在手裡的一筆整錢，至於這筆錢到底要用來做什麼，他並不急著知道，也並不認眞地去盤算。

除了這退役的指望之外，他生活的重心仍在建二身上。他愈來愈肯定自己不曾看走了眼，建二是塊讀書的材料。錯不了。將來建中、台大，碩士、博士，亦是可以想見的，一旦到了那「亞美利堅」，老爸爸灰頭土臉了一輩子，正好跟出去見見世面！

比起做父親的雄心勃勃，建一建二母親的希望則平實得多，她希望兒子們順利考上學校，那就夠了。這些年並不寬裕的日子裡，她漸漸磨成一個圓熟、冷靜而且堅毅的婦人，即使有要強的一面，也深埋在心底，別人絕對看不出來。的確，她現在連話也說得少了，就算對丈夫的牢騷也不過淡淡敷衍著。但是，要說她眞正認命了嗎？那也未必，她只是節省她的精力用在最實際的地方。她盡她的心意，讓建一建二吃得舒服睡得好，心無旁鶩地讀書。爲了替他們打氣，甚至孩子們開夜車，她也撐起眼皮坐在旁邊陪著。

哥哥建一在他媽媽這般照顧下，功課仍不見起色，他自己心裡其實很不安。或許他是太緊張了，愈緊張愈不能集中精神，他簡直已失去了對讀書的信心。尤其，眼前就擺著個會念書的弟弟，他最怕別人拿他跟建二比，偏偏他爸爸就是「哪壺不開專提哪一壺」地氣死人！

現在，又多出一個小宛，建一更緊張了。自從小宛來到台北，渾身南部來的土氣尚未褪盡呢，就穿上綠制服。接著，又當選模範生，名字還上報紙——想到那個從來刁鑽的小堂妹，建一妒也不是羨也不是，只覺得大大地沒有面子。

27

小宛這份不讓鬚眉的志氣，除了她自己的稟賦之外，她也是想爲這一兩年尤其纏綿病榻的母親爭口氣。

從進了一女中，小宛的成績益發地出類拔萃。高一下學期，她當了全校的模範生。高二剛開學，她又被選作樂隊指揮。可是，儘管課業上風風光光，比起班上的同學，她卻顯得心事重重。放學回家的路上，她連腳步都是沉重的。人行道上滿是水汪，她一步一步拖著走，紅磚縫裡的雨水濺到白布鞋上，陰出一枚枚灰汙汙的水印，這是台北的冬天。在這北部冬季特有的陰溼裡，她母親的喘病三天兩頭地犯，病人對氣候的敏感，卻是當年久住南部陽光下——他們完全沒有料到的。

小宛回到家裡，先餵母親服了藥，再取出冰箱的冷飯剩菜，一一熱好盛在飯桌上。父女倆卻也相對黯然。做父親的已經陸續把全年的病假都提早用完，爲了照料家裡的病人，然後又怎麼辦？難道，他能教女兒不去上學？

絕望的時候他忍不住想到椿哥，只有椿哥，是個幫手，能幫助他們度過難關。也只有椿哥，有這份耐性侍候病床上哼哼唧唧的病人。他託人帶口信回去了，教椿哥無論如何上來一段時間，住到嬸嬸好點了再回去。「務必來一趟！住一段日子，幫著打點家事、照應病人……」口信他還怕說不清楚，這封信他準備寄到同事家裡，拜託人家把椿哥找來，當場唸給椿哥聽。

其實，作決定之前，椿哥他叔叔還是猶豫了好些日子。臨提筆的那一瞬間，如果細聽的話，他心裡還是有個輕極了的聲音告訴他，他做錯了。至少，那違背他的初衷，怎麼能要椿哥停下買賣，說來就來？

他實在找不出其他的辦法，所有的路子都設想過了，卻沒有一條走得通。要他自己不上班嗎？不行！小宛不上學嗎？不行！請個人來家照顧嗎？如何開支？——他眞是無路可走，能要他怎麼辦？——再怎麼說，他總是一個凡人。以一個凡人來說，他的私心已經很少了。以凡人來說，他這沒有辦法之下想出的辦法不算是太過分。

況且這些年裡，他也實在受夠了。他終於真正覺悟到娶一個病老婆的代價，他終於明瞭什麼叫作「後顧之憂」——尤其調到台北之後，公司給過他外放與進修的機會，他總是以家累的理由放棄了。他不能不承認那實在很可惜。畢竟，他已經不年輕了，那樣好的機會——只會愈來愈少——說不定一輩子再也碰不上啦！

而於今往回看，當年責任所帶給他的驕傲，與今日現實生活他面臨的困頓，似乎是扯平了，他什麼也沒得著。他曾經想過——曾經試過——甚至曾經做過一個英雄，內在的英雄，不被卑下情操所擊敗的英雄。於今回憶起來，當年的勇氣——在重重磨難與重重滄桑後——竟成爲模糊的鬧劇情節了……

無論如何，他總是凡人。一個平凡的男人，再平凡不過的、過了四十歲的小職員。他心裡最迫切的希望，還是回到家有熱騰騰的飯菜擺在桌上，而不是見到被窩裡蓬首垢面的病妻子。

就這樣，椿哥他叔叔舐了舐「限時專送」的標籤，拇指往封套上一按，決心把這封信寄出去了。

28

接到叔叔的信，椿哥想都沒多想，就儘快收拾行李準備上台北。本來他也沒什麼好想的，叔叔是待他最厚的人，嬸嬸又這麼病著，小宛準備功課更是要緊不過，這種時候要他來效力，那還有什麼話可說？

惟一傷神的是當別人來拉機器的時候——他試著出租，沒有人肯租，他又捨不得賣，只能押給別人。他其實連押也捨不得，沒辦法。大傢伙占地方，沒處擺，還要特爲它賃間屋子，月月付租，哪裡成啊？

所以，只能眼睜睜看著機器讓人給拖走了。椿哥抱著頭縮在牆角，記起當初壓麵機進家的那一天，他多麼高興來著。他記得很清楚，那天他不只高興，還心慌地一直咬指甲，怕嬸嬸看出來什麼，因此，與叔叔間好像藏了件祕密似地，多了一份緊張刺激！

然後，叔叔側著身子躺在機器底下，教椿哥怎樣加滑油、上螺絲，叔侄兩個弄得臉上一塊一塊黑，連淌下的汗珠都汗油油的。椿哥記得他後來撥「麵疙瘩」當消夜，叔叔稀哩呼嚕喝下三大碗，很快喝了個鍋底朝天。

現在，機器教人給拖走了，屋子空了，牆壁上卻仍留下一道磨擦出的黑印。椿哥輕輕撫摸著那印子，還有點凹進去的痕，大概是拖的時候撞的。椿哥很小心地摸著，彷彿只有那才是壓麵機曾經站在這裡的證據，其餘像場夢一樣，說沒就沒了。雖然，將來亦可能把機器贖回來，有錢了更可以買台新的，椿哥想想——總覺得無限渺茫！

臨離開那天晚上，椿哥打好行李才去看老潘。老潘見是椿哥，鍋鏟一丟，對幾個正要進門的客人說：「對不起，我們今天早打烊！」扯著椿哥就要他坐下來喝一盅。老潘始終不贊成他上台北，到了這個時候老潘還不死心地勸：

「老弟，別去了！」丟了一顆花生米在嘴裡，老潘才又接下去：「要不，過去看看趕緊回來。這兩三年你也拉下不少主顧了，不容易。媽的，連我自己都愛吃你用菜葉子滲合進去壓的菠菜麵，煮起來一鍋綠水，還眞好看。媽的，多虧你怎麼想出來的。」

「老弟，」老潘抖顫顫地替椿哥斟滿杯裡的酒，「你聽我說，老弟，賺多賺少是一回事，總是自己的營生，將來攢上錢，託人給說個老婆，也是條正道。」

椿哥嚥下一大口酒，胸口熱辣辣的，從脖子到頭頂的那條筋馬上燒了起來。藉著點酒意，椿哥瞪住老潘身上麵口袋改的圍裙，撲岔岔的都是白粉，想著——老婆——你有老婆了，你看你混的吧——「媽的！」椿哥學老潘的模樣，狠狠在心裡啐了一口。

好像看透了椿哥怎麼想的，老潘接著就說：

「哎！老弟，你聽我說，你別看我這一窩大大小小不容易養啊，哎，總是兩腳一伸的時候不缺替我披麻戴孝的，眞不容易喲！老弟，我這個年紀的，中國人吃的苦全趕上了。老弟，你是不知道，我沒退下來的時候，一塊錢也捨不得花，全存在餉包裡，菸捨不得抽，酒哪裡捨得喝呀？餉包疊在一起再去換金戒指，最後把戒指一個個串起來，爲了什麼啊？爲的就是娶個老婆。

「討上個老婆，不容易喲！俏模俏樣的咱們娶不起，只剩下這個婆娘不嫌我，不過，人家也算對得起我就是，好歹又替我生了一窩。哎，人生一場，不容易喲！還不都爲這麼回事。不容易喲，老來也有個暖腳背的。」

兩杯下肚，老潘忘記了平日食口多帶來的煩勞，他沉湎在自己克難興家的光榮中，這一瞬間，在老潘心裡，他自己就是那最「不容易」的一個人！

椿哥悶悶地又喝了一口酒，老潘的話在他耳朵邊不眞切地飄著，什麼「人生」，什麼「老婆」，什麼「這麼回事」「那麼回事」，對他來講都好遠好遠，遠得像在天邊。近的一度是春枝，然後，連春枝也遠了。以後恐怕就要更遠了，遠得一輩子看不見了……

那天晚上，椿哥從老潘店裡走出來時，腳步是搖搖晃晃的。幸好，腳踏車已賣給了拾破爛的，醉成那樣子，倒還可以扶著牆一路走回去。

那也是椿哥第一次知道醉酒的滋味——原來這麼難受。但是大概亦有好處，可以趁醉的時候掉掉眼淚。眼淚擦乾，酒也醒了，就可以提著大小幾件行李上路了……

灰矇矇的晨光裡，拎著包袱的椿哥走過春枝家門口。這兩年米店生意愈做愈大，門楣上黑漆漆的匾愈換愈新，椿哥進去的次數卻也愈來愈少——椿哥可眞是厚不起臉皮進去。人家如今做的多是批發生意，呂老闆也當選了「米業公會」的理事。只有椿哥，還是舊兮兮的一身衣服，提著麵粉口袋買那麼一小袋米，多寒磣！

椿哥把行李擱在沁涼的紅磚道上，站在街心，望著騎樓缺隙處幾點晨星。這一瞬間，椿哥卻比任何時候都更清楚地感覺到：心底那一絲慘澹的希望還沒有滅盡。就算整個人化成了灰燼，那也是灰燼裡最後的火星子。

椿哥豎起衣領，側側身子站進屋簷底下，踮起腳，楞楞地望著那塊披著紅綢子的匾，匾上面就是矮斜的騎樓，騎樓上有滿是油垢的一方小窗。椿哥留戀地望著，聽得見自己心跳的聲音。在這一剎那，小窗卻突然像奇蹟一樣——影影綽綽地透出光暈，椿哥胸口一陣燥熱，眼眶立時溼了，他告訴自己那是春枝，一定是的！一定是春枝起床預備早飯了——瞪著這盞燈亮，椿哥心底原先那點撲朔的火星突然旺了起來，好像正朝著街衢的盡頭一路燒將過去。椿哥看到了擎火把的人群，耳朵裡也彷彿聽見嗩吶的聲音，那許久以前——當椿哥還是小娃子時——惟一一次鄰家娶新媳婦的記憶——又回到椿哥心裡。椿哥激動地握緊拳頭，望著眼前那方窗玻璃急不過地說：

「春枝，我起誓，這次上台北，要是趕巧了有混好的一天，我，我，我，我……」我？我？我要做，做，做什麼呢？

街角垃圾堆旁的一隻野狗，衝著椿哥嗅了過來。

這麼一揮趕的工夫，椿哥結巴地忘記了自己要講什麼。他實在不知道，他眞不知道自己想說的是什麼：是拍拍胸脯——娶春枝嗎？還是先來找春枝呢？還是——最沒出息的打算——只要來看看春枝呢？

喔，他實在不知道，他只覺得腦袋裡一片混亂。太多不知道的事情梗在前面……自從那時候做饅頭生意，他哪一次不是決定要好好存錢，結果呢？還不是起起落落，到頭來總是說收就收，錢也沒剩下多少。除了許多不知道的將來之外，也有太多的計議由不得他自己……就像三年前那時候，他自己也下過決心不上台北，到如今，他還不是巴巴地跟過去了——怎麼說呢？說什麼呢？他到底能替自己決定多少？那麼，這類的誓豈不都是白起嗎？他又何必說得那麼好聽？

就這樣，當椿哥正跟自己小聲打商量的時候，騎樓上那片昏黃的燈，卻倏地在窗格子裡熄了。

從屋簷底下往外望，除了覆得低低的黑雲之外，就是一籠岑寂的街景。

椿哥用袖子抹去面頰上的水溜，艱難地朝小窗望了最後一眼……這才彎下身，拎起行李，磨磨蹭蹭地走入那片濃霧中……

29

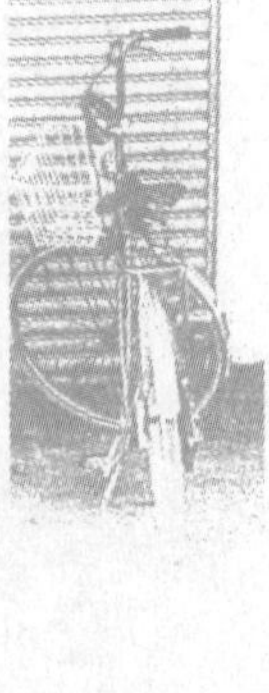

離開台北二十年之後，這是椿哥第一次回到這個變得離譜的大都市。

原先的稻田地裡建起新穎的樓廈，半空聳立著高架的道路，馬路很寬，還是壅塞著大大小小車輛。行人都擠在陸橋上，臉上一片焦躁，再不復從前那時候的閒散。

總統府前變化更大，三軍球場拆了，長出來一片綠蔭蔭的樹，就連椿哥記憶中幾個城門樓子也說不出地改了樣。紅磚的顏色像油漆上去的，假兮兮地新，在水銀燈的強光下活似野台戲的布景，麥克風吱嘎一響它就搖晃了。再到建國南路、東門町一帶逛逛，椿哥更是心驚，他甚至認不出從前經過的巷弄。他徹徹底底像是個迷路的人。

在街上遊蕩，椿哥不認識路。回到叔叔嬸嬸租賃的公寓裡，他更是覺得渾身不自在。叔叔住在三樓上，黑摸摸的一道樓梯通著，進到屋裡，除了由前面陽台的花磚縫裡洩進幾束光線之外，便是一條長長的黑弄堂，白天也隨時亮著燈。這樣的地方椿哥可是頭一次住。儘管他在南部租的屋子又小又窄，總有扇窗子；儘管打開窗子撲面一陣尿騷味，現在想想，倒也比悶在這幢水泥盒子裡來得好。

夜晚躺在床上，椿哥尤其懷念那間平交道旁的板屋。記得他剛從叔叔家搬入板屋時，晚上還常睡不著，一闔眼就做惡夢，夢見火車衝著自己的床鋪開過來。但是後來也就習慣了，反而覺得深夜裡響起的汽笛聲像個守信用的老哥們，按時來看望椿哥一夥住在鐵道邊的苦哈哈。那天椿哥上台北「中華商場」去，眼見火車在垃圾、霓虹燈、與喇叭特響的唱片行後面灰頭土臉地穿行，椿哥便知道：都市的人原來不需要別人看望，他那汗油油的老哥也喑啞著失去了看顧人的心情。

白天做飯、收拾家、侍候嬸嬸湯藥，椿哥的生活又回到多年以前的秩序裡，可是現在顯然更單調了，他的精力也明顯地用不完。在他胃袋底下，很快鼓凸出一疊肥肥的肚腩。人胖起來就想要吃點好的，平日叔叔家那百十塊的菜錢，椿哥還真覺得不夠使，他必須再掏腰包添上點，才不至於虧著自己一張嘴。有閒他也坐在攤子上吃，叫老闆爆個沙茶牛肉，切一盤滷味，肚子撐得飽飽的，打個響嗝，那才是真的！

這次椿哥上來台北，叔叔嬸嬸對他多少都有點愧咎，因此言語之間便格外周到。嬸嬸本來很會做人，現在更不住地拉近乎，盡量椿哥長、椿哥短地掛在嘴邊，可惜，椿哥聽著總不是味道，聽著嬸嬸軟軟的聲音反而覺得彆扭，覺得那是做作——遇到嬸嬸替椿哥心疼錢、勸椿哥少在外面吃小攤的時候，椿哥馬上就心裡低聲嘀咕：「是嘛，妳還不是怕我吃多小攤帶上了肝炎菌，到時候傳染你們一家。怎麼說怎麼好，我終究是個外人。」

只有對小宛這個妹妹，椿哥還是心甘情願地服侍著。小宛過十七歲生日，椿哥特地走了好遠，進高級店買了個大蛋糕。可惜椿哥沒問清楚新鮮奶油是怎麼回事，大太陽底下又一路捧回來，打開盒子的時候，櫻桃都倒插進奶油裡去，像盤花花綠綠的漿糊，惹來的卻是小宛那群女同學的一陣訕笑。

愈待下去，椿哥愈覺得自己是這大都市裡一個無業游民。他沒有工作、沒有朋友、也沒有希望，而嬸嬸身體那個樣，眞看不出等小宛聯考過後他就能夠撒手不管。椿哥自己知道，到時候他絕對狠不下那份心……但是，要說就這麼在叔叔家待下去，椿哥又實在覺得憋氣……既沒有辦法繞出這個圈兒，椿哥一日一日只是胡混著日子。這種不著邊的日子裡，似乎只有揣著兩個錢在身上——隨自己意思花花——椿哥才覺得心裡舒坦一些。

原先，在南部的時候，他盤算的常是一輩子的事。現在，他清楚地看到，明天的日子不一定比今天更好，大概——只會更壞！

因此，把手裡的錢花出去，討個「今天」的高興，椿哥覺得那是惟一——對得起自己的償願事。

同時，也只有大大方方往外掏錢的時候，椿哥才覺得，比起街頭那些一個子兒都沒有的、游手好閒的窮漢，他自己總算還「高級」了那麼幾分。

30

錢攢在口袋裡，咬著手疼；就像閒著沒事做的時候，會格外想到自己的虧欠。

漸漸地，椿哥不再滿足於家附近的小攤，他壯起了膽子，偶爾也敢去繁華的鬧區開洋葷。

知道往「那條街」上走，卻是椿哥學會乘門口的公車以後的事——第一次是閒逛的時候無意中瞥見的，第二次再去時差些迷了路，接著可就是熟門熟道——只要搭對公車下對了站，鼻子嗅嗅也就找到了。

大概那眞是空氣中一種潑潑濺濺的氣味，熱烘烘的，腥絲絲的，讓椿哥心裡發癢額頂發汗。那條街的熱鬧總是下午就開始了，賣藥的壯漢手持麥克風，拍著胸膛當街比畫著，叫的是滋養丹大補丸之類的藥劑，原料中少不了那幾種鞭。到了上燈時分，這就更來勁了，女人穿著短少的衣服，裸露出肥油油的兩朶肩膀與一截胸脯，站在馬路中間賣風情。除了廉價香水的衝鼻外，還可以聞到她們胳肢窩裡一陣陣狐騷，嗆得椿哥猛打噴嚏。

女人抽胳臂拉腿的狹縫中，椿哥只敢低著頭匆匆跑過去，他眞是沒有那個膽。他的心突突地猛跳，他臉上卻努力持著鎭靜，一副——有要緊的事情要辦的模樣。他也的確有要緊的事，他要去喝蛇湯，聽說蛇湯治癬，他大腿窩間一塊「金錢癬」，碗口那麼大了。

他一路半閉著眼睛，心裡唸叨著自己身子上那塊癬，像唸什麼咒語一樣，總算保佑他平平安安跑過去。這其實正是他要的，小小一點刺激、稍稍一點浪蕩——他只是太無聊了，在這個連野台戲都沒有的大城市裡——除此之外，他並不敢眞刀眞槍地硬上，他害怕那陣仗。

但是，椿哥他的咒語硬是有失靈的時候。

這一天，椿哥只不過貪著看門帘底下一個穿熱褲的年輕女人，扭著腰身招呼

「郎客，來坐，入來坐」的那股子邪媚。就這麼稍一分神，他覺得腦門轟隆一聲，立時被一隻斜地裡殺出來的、帶著假玉鐲的肥胖臂膀，一把拖進門裡去了……

屋裡是兩方低矮的天花板，頂上吊著圓圈形的日光燈，明明滅滅的燈管外面，遍罩著猩紅色的玻璃紙。椿哥覺得四周的板壁在暗紫的光線裡收縮、靠攏，一會兒又走馬燈似地旋轉、晃動，恰似上來台北前一晚上，那喝醉酒的滋味。在這樣暈撞撞的昏眩裡，椿哥看見女人肥胖的臂膀下那窩黑叢叢的腋毛，他也聞到一股刺鼻但又令人心神恍惚的狐騷……啊，就在椿哥還未弄清楚發生了什麼事的時候，女人已經褪掉襯裙，從半邊胸罩裡扯出來一隻鬆垂碩大、似乎還滿佈青筋的乳房！

椿哥驚得倒退了幾步，一屁股跌坐在床沿上。

然後，椿哥就被女人兩三下子剝去了長褲，露出裡面寬垮垮的花布褲頭。椿哥睜眼瞥見自己那副憋縮樣子，連忙用手遮住，遮住自己的醜態。胖女人皺起眉頭不耐煩了——這是今天的開門生意，這款樣拖拖拉拉絕非什麼好兆頭，女人不由分說便把椿哥壓在身子底下，用濃重的鼻音急迫地說：

「死郎啊，卡緊啦！這款沒路用，莫是要你老母餵你奶水欸。緊啦，緊啦，卡緊啦！」

其實，椿哥只是嚇壞了。女人，這就是女人麼？果然如他所料的，是不好惹的貨色。他亂烘烘的腦袋裡，輪轉著女人的面孔，一個個都是凶狠強悍。笑的時候也帶著點殺機……一會兒是他爸爸娶的後娘，那鮮紅的口脣、帶煞的圓眼睛上面兩根有稜有角的眉毛……一會兒是他的嬸嬸，雖然病得有氣無力，依然可以把死的說成活的……一會兒甚至是與他最親的小宛，蜜糖似的一張小嘴，竟也愈來愈有得理不饒人的時候……

接下去，椿哥卻即時嘗到了甜頭，好像是從心尖底下傳出來的酥麻，突然震動了他全身上下。他喘著氣，環抱著女人壯碩的背脊，此刻在椿哥心裡，卻只剩下一張面孔，他閉著眼，忘情地咂咬著那怯生生的小臉，是春枝，這是春枝的臉龐啊！椿哥躁切地想著他心中惟一的女人，他喘著氣，女人職業化地應和著，椿哥咻咻地喘著氣、喘著氣……直到女人狠聲嗔怪著從他身上翻跌下來。

自從那次——往下數的日子椿哥便不能不繼續想著女人，羞愧地，卻又無可抑制地存著那份灼灼的渴慾。在他迷亂的目光中，就連月份牌裡梳雞窩頭的美女，好像都活生生地、就要從那煙薰火燎的牆壁上走下來。便這樣，椿哥拿鍋鏟的手打戰了。等到一有了空，他又準備上「那條街」去。

有時候，椿哥也能咬緊牙關忍住幾天，但只要閒下來躺在床上，他又實在寂寞得發慌。他可以看到自己是隻昏了頭的小蛾兒，正撲翅撲翅往火邊上靠——但，那團火那點光，乃是這冰冷的城市裡，他惟一感覺到的熱乎氣啊——他嚥了口唾沫，告訴自己還是拚死也先快活會兒——長年沒邊沒涯的孤苦中，能快活的時候還不管她娘地撒撒歡，豈不是一生一世的冤大頭嗎？

偶爾，經過菜場裡一家壓麵的店面，椿哥低頭看著自己這齷齪的肢體，他也會奇怪原來那個知道上進的椿哥那裡去了？有時候，點數著愈來愈少的那疊鈔票，椿哥也暗暗驚心——錢，剩下不多了。

但是，椿哥想，錢花光了也沒什麼不好吧！像以前，他傻不楞登地一心一意存錢，又存出個什麼名堂沒有？

既然找了這個他自己也駁不回的理，椿哥花錢的時候更多了份理直氣壯。他手上那點積蓄，很快折騰光了。

31

夏天黃昏長，到了八九點馬路上還是熱燙燙的。椿哥提著褲腰從「檢驗所」的日光燈招牌底下閃出來，他口袋裡只剩下幾枚叮噹響的鎳幣。

最後那小疊零票兒，他是不能不往「檢驗所」裡送，因爲，他小便不出來了。「檢驗所」裡嘴角一顆大黑痣的醫生，把椿哥那管黃濁的尿液放在顯微鏡底下看了看，又連續要椿哥去了幾天，終於告訴椿哥，只是尿道發炎而已。當椿哥掏出僅有的廿塊錢，換回數粒消炎藥時，醫生居然伸手向他恭喜，恭喜他沒中什麼不乾不淨的病。事到如今，椿哥還寧可自己染上的是不治之症。

眞的一命嗚呼，便也罷了，一張草席捲巴捲巴，那也是窮人的命，他並不至於怨怪自己。比較起來，沒病的身子才難熬呢！尤其，椿哥經過了一段花錢買樂子的時光，手頭鬆脫慣了，於今他發現口袋裡沒錢原是件不能忍受的事。那條街去不成了，零嘴也吃不得了，以後要怎樣過日子？

連眼前樂樂都不能了啊！

該捱的寂寞、該受的苦，可還是原封不動地存在那裡，一點也減不了他的份……

窮的時候，再回想起那一筆花得精光的血汗錢，椿哥恨不得一拳捶死自己，他記起來那是多不容易攢出來的，本來，還打算娶媳婦用的。

椿哥奇怪自己一定要等錢都花完了，才泛過這個想來。椿哥也想起了最後那天晚上老潘叮嚀他的話，老潘要他無論如何娶個老婆，老來也有個暖腳背的。現在，什麼都別想了，好像嘩啦啦的一把錢抛進水裡，連個漂兒都沒打就全部沉了底。

不，不行，愁眉苦臉的椿哥愈想愈不甘心。憑良心說，他可眞是一心一意上進的人，他肯幹、他吃苦、他勤勞、他儉省，以前他也從來不偷懶。要說懶，也都是這一陣閒散的日子把他給閒壞了。既是這樣，看在他四十歲不到，畢竟還年輕的份上，或許他還可以打起精神，看看能不能重新開始——高雄，暫時沒臉回去了，那他就留在台北。留在台北也不賴，至少叔叔家吃住沒問題，再包點零工來做，攢的可都是自己的，一年一年，聚少成多，他一定能把錢再攢起來。

想到攢錢，椿哥眼裡眨巴出一點亮光。存錢是他拿手的，存錢也曾經是他的心願，是他生活中惟一的目標……現在看來，存錢仍是他最可靠的希望。而這一次，椿哥想，只要存夠錢就快去討個老婆，管她肥的、瘦的、老的、醜的，只要到了夜晚有個女人躺在身邊，這一輩子，也就不枉活了！

於是，椿哥又重新振作起來，他又開始不停歇地做。沒有本錢，又需要照看著嬸嬸，這次他做的是「家庭副業」：新興在城市邊陲地區的「客廳」即「工廠」。他叔叔家公寓的磨石子地上，一霎時堆積著聖誕燈的原料、塑膠花的鋸齒形葉子、娃娃的半邊腦袋、珠串皮包的提把等等——婦道人家賺零用的手藝活兒……

椿哥只要有空，就坐在板凳上拼拼湊湊。他一向只需一個具體的目標，便可以過得十分有勁道：這一次，他心裡想的是討個老婆，或者說，買個老婆——椿哥想要一個屬於自己的女人，最穩妥的，便是把她買下來。

夜晚趕交貨時，椿哥強撐起沉重的眼皮，瞪著地上一堆堆尚未拼裝起來的娃娃肢體。他想，到了明年，就能夠買一條大腿了，再兩年，女人的胳臂也有了，再過個幾年，便一一買齊了。買齊了放在身邊，恰似老潘告訴過他的，冬天到了也有個暖腳背的。

32

時光飛馳，當椿哥窩在公寓樓上做「家庭副業」的數年，外面的世界卻繼續著愈來愈急遽的變遷。

縱貫南北，建起國際水準的高速公路。車輛以百哩的時速穿行著，也把公路兩邊原本雞犬相聞的人家，間隔上綿延的鐵絲網，彷彿是老死不相往來了。但是，同時在太平洋兩岸，起降頻繁的七四七客機（以及雨後新筍的旅行社與包機業），卻將半個地球濃縮成周末的去處——事實上，愈來愈多的人就在台北與舊金山、台北與紐約中間這樣穿梭著。對他們來說，生活的步調比以前烽火餘生的一代來得快捷多了——小宛自從大學畢業到加州念研究所，這已是三兩年間第二次返國。速度尤其驚人的是，這次她手裡抱著出生四個月的小嬰兒，身邊還傍著戴副金邊眼鏡的留美學人丈夫。

站在中正機場歡迎的人群裡，椿哥顯得老了，還是他那副傻憨憨的模樣。也不管走出來的人是不是小宛，他舉起手拚命搖晃著。這些年每晚都坐在電燈泡底下，他的視力差了，無論遠近一概看不清楚。尤其今天淚眼糊嗤的，人影全成了些墨團團——但是，墨團團裡有小宛喲！椿哥激動地從纜繩間冒出半截身子。揮手召喚著，彷彿沒多久之前小宛還是抱在手上的娃娃，現在，娃娃又有了小娃娃了，教椿哥怎能不高興、怎能不高興得抹眼淚呢？

是嘛，時光過得飛快，教椿哥怎能不老？除去眼睛不太靈光之外，在椿哥一向平整的頭髮裡，也長出刺刺短短的一片白。靠五十歲的人——白也白得是時候了。

這些年來，從早到晚不停地疊盒子、做手工藝，一個子兒也不花，椿哥的毅力著實可嘉。他存下不少的一筆錢，這半年他正在託人說老婆。偏偏現在的時代不比從前了，有錢也說不定往哪裡去找。好在椿哥也沒那麼急，倒是隔壁洗衣裳的阿婆始終沒忘記這件事，這次又說好要帶椿哥去看一位在蘆洲開洋裁店的女人。本來上禮拜就要去，因爲預備小宛回來，忙，改成下個禮拜。據阿婆說，這女人三十三歲，是個寡婦，人清清白白的，只可惜丈夫生病時拉下一屁股債。如果有筆錢能把債先還了，洋裁店便可以繼續開下去，店面不小，另一半亦可以賣點別的……照阿婆的說法，椿哥恰是最合適的人選……阿婆指天誓日地說，她這一次的眼光絕不會錯。

照阿婆所說，事成的機會很大。如果眞能成了，趁宛妹妹在家，正可以熱鬧熱鬧，熱鬧過之後，也就是自己從叔叔家搬出來的時候了。

簇擁著宛妹一家出了機場，在計程車上，椿哥這樣盤算著。宛妹懷裡的小嬰兒，一上車就睡熟了。注視著嬰兒平和的睡相，椿哥想的是二十多年前剛剛出生的小宛。好快——不知不覺跟著叔叔一家人過了大半輩子。椿哥有些感傷地喟嘆著。但，轉念一想，總算快混上自己的家了，多年來再好，總是寄人籬下——他心中又透出點甘甜的希冀。就這麼一鬆一緊地顚蹬著，椿哥的腦袋開始昏脹，亦是剛才機場人堆中站久了，胃也空空地翻騰起來。一霎時，椿哥暈暈撞撞地有些想睡……

閉上眼睛，椿哥想起的是卅多年前，父親從基隆港接他們回家時候，那一路坑坑窪窪讓人發暈的地面。當年，路邊哪有多少人家？大老遠也不見根電線桿子。他的父親，那時候是位年輕軍官，一隻胳臂擱在駕駛盤上，揚著眉毛敘說他那比別人寬敞的眷舍，「不！官邸！」他父親鄭重地加一句。

一晃卅年過去，他父親也像爺爺當年那麼老了。卻不像當年爺爺的老邁，多少有點夕陽快落山前的優閒——儘管時難年荒的，他爺爺還是閒閒地留起鬍子、閒閒地拄根拐杖、閒閒地哼唧一段西皮慢板。他父親的老，卻是一瞬間塌下去的。或許怪他並不常看見父親，這些年，他總在過年的時候才見到父親，而自從父親把全部退役金放下去做貨運生意——生意又很快垮掉之後，他父親連年都不過了。就在那陣子，父親突然老成了個糟老頭子！

每年正月初一，椿哥倒還跟著叔叔嬸嬸去拜年。大街小巷一元復始的氣象，硬把他父親那幢從未翻修過的日式房子比得更舊了——簷角上包裹著黑油布，屋頂壓著長青苔的磚頭，他父親靠在躺椅上，總像剛睡醒似地，半閉著眼睛，從眼屎縫漏出些碎碎的眼白。當然，他父親自始至終都沒有張開眼睛看看椿哥。他父親惟一的話題仍是建二，建二考上清大了，建二交女朋友了，建二補習「托福」，建二在兵工學校服預官役，建二申請到最好最有名的學校，建二今年秋天就要出去了……

心裡想著建二，望著車窗外急馳過的、綠盈盈的稻田，椿哥這個當大哥的其實亦有說不出的驕傲。那張狹長的臉、疏淡的眉毛，椿哥不看鏡子都知道與自己很相像。當然比自己清秀，比自己白、也比自己多掛一副眼鏡。椿哥雖然沒有唸過書，也知道這就是人家口裡的書卷氣——不管怎麼說，那個英挺的小夥子都是自己兄弟，雖然建二並不知道自己是他哥哥，但骨血中的親濃，任誰也不能改變的。

挪了挪身子，朝小宛懷中打著呵欠醒過來的嬰兒擠弄擠弄眉毛，接著，由建二身上，椿哥又想到他另一個兄弟建一。建一，他這些年長得像個大人了，雖然書讀得不如弟弟建二，專科畢業後，顯然也混得不錯。別的不說，就看他忙的吧，這兩年過年，連上叔叔家拜年建一都是匆匆上樓，又看著錶隨時準備離去。去年恰巧碰上叔叔廠裡的同事，建一馬上大咧咧地先敬菸再掏出名片，嘿，還眞有那個派頭！椿哥等客人都走了之後把名片從桌上撿起來：燙金的字，右角還印著一隻長翅膀的馬，叔叔說建一做的是空運生意，行號就叫「飛馬」。嘿，眞有派頭，椿哥一面想，一面在心裡嘖嘖驚嘆。

這時候在匣式音樂帶中，放的正是劉文正的《都市冒險家》。計程車滑下了高架橋面，進入熱氣迷漫的市區。窗外一座座纖維玻璃作建材的大樓，在窄小的天空閃著涼滑的光澤。司機把空氣調節開到最強，車內吹起一股濃郁的香風，不知出自嬰兒屁股上的紙尿布，還是冷氣管子裡的香精，那麼地令人舒暢。椿哥對著通氣孔長吸一口氣，頓時覺得神清氣爽，好像剛睡了一覺醒過來，剛才那陣子反胃的感覺不知道那裡去了。

「讓舅舅抱抱。」椿哥愛憐地從小宛手裡把嬰兒接過來。那溫暖的小身子，很有份量地壓在椿哥胸膛上。一霎時，椿哥禁不住親著嬰兒細軟的頭髮，將嬰兒肥嫩的面頰貼著他自己那粗糙的、多皺的、經過風霜的老臉。一隻手朝車後窗比畫著，指外面的街景給他的外甥看。

而隔著後窗那層墨色的玻璃，看見的只是市區空氣中濛濛的煤煙，但此時椿哥的眼中，卻好像見著什麼可期待的遠景似地，有一層淡淡的溼潤。快了，就快了，等到娶上老婆，也該輪到抱自己的兒子了。自己這輩子，帶小宛、照顧嬸嬸、服侍爺爺，如今懷裡躺的又是小宛的孩子，整整四代了，而自己還是孤孤單單一個人。這種人，老天爺是會照看的，一旦有了兒子，自己也會全心全意做父親的，注視著嬰兒花瓣一樣、天眞的笑靨，椿哥多年來第一次——這麼忘情卻又充滿希望地想著。

33

自從機場裡接回小宛，叔叔一家浸浴在前所未有的歡樂中。最得意的還是椿哥嬸嬸這個當丈母娘的，對她那電腦博士的新女婿，她真是怎麼看怎麼中意。她前前後後招呼著，微笑地站在一旁，看著她那新做了母親的女兒，稍嫌笨拙地替嬰兒抽換紙尿布。

「叫婆，叫婆婆！」她咿咿喔喔逗弄小床上光著屁股的嬰兒，聲音裡滿是外婆特有的慈愛。

椿哥他嬸嬸看起來並不像做外婆的年齡。她穿著一套碎花衣裙，身材略顯豐腴，卻比她多年前的瘦削要精神得多——這些年來，因爲久病而習慣性地保養自己，她竟在垂老的時日，令人難以置信地，煥發出中年婦人的光采來。於今椿哥他嬸嬸輕加描摹的眉眼、梳得齊整的髮髻，以及衣服上細緻的盤紐，皆一一顯現出近年生活中的適意。她反而比周圍的人看起來年輕，看起來有朝氣。忙亂了幾天下來，沒有人記得她曾經纏綿病榻那麼久，她自己大概也徹底忘懷了——她一面從小宛的皮箱裡取出該孝敬大伯的禮物，一面有一搭沒一搭地與小宛聊著丈夫目前的工作：

「算是不錯的差事了，這麼多年，這一次，你爸爸才算是心滿意足。」椿哥的嬸嬸慢悠悠地說，不疾不徐的聲調含著幾許寬慰。

「爸爸一向認眞負責，誰不知道。」小宛點點頭，甜甜地笑著。雖然自己也做了母親，但在媽媽面前，她永遠改不了那股獨生女的嬌憨勁兒。

「出力出了半輩子，公司總算沒有虧待你爸爸，唉！」椿哥他嬸嬸想起從前，輕輕地嘆了一口氣。

是啊，比起從前，椿哥他叔叔現在眞算是揚眉吐氣了。小科員的位子幹了多年，去年開春，他終於升成公司裡發展部門的主管，手下帶著一組才從學校出來的工科畢業生，專司新產品的研究與改良。也正如他妻子所知悉的，椿哥的叔叔極滿意他的現職，而最大的滿足卻來自他經常能夠與年輕人在一起——於這些年的困頓之後，椿哥的叔叔終於認識清楚，自己並沒有什麼卓越的能力，可以爲這世界增添什麼。領著幾個蓬蓬勃勃的年輕人，看著他們的理想——或許正也是椿哥他叔叔當年的理想——在如今比較安和樂利的社會之中——終於有實現的機會，就椿哥叔叔來說，這乃是值得安慰的一件事。

對勞碌了半生的椿哥——「值得安慰」這四個字的意義雖然模糊，卻同樣地值得盼望——連著幾天，忙累之後的椿哥都在一些令他神往的夢裡沉沉睡去。夢中，他見到自己從銀行門口大踏步走出來，手上抱著那疊厚厚的鈔票，他摸到女人溫潤的胳臂與腿，這一次可是眞的了——他在夢裡忍不住嗆咳地喘氣，還不住地笑……

擺在眼前的希望，也讓夜半咳嗽醒來的椿哥瞪住天花板楞想著，他想到要在洋裁店另一半的店面再開半片店，開什麼店好呢？五金店好了，專賣螺絲釘——椿哥爲自己這別致的想法，自顧自樂了起來。他一直忘不了壓麵機上的那些螺絲、那些輪軸，他當年把它們一一都擦得正亮，還上點機油。那些機器有關的零件曾對他有一種奇異的魔力，那是他喜歡的，他始終忘不了。

而這漫長的幾年間，他爲了攢錢，爲了叔叔一家，他過的日子活像一個娘們——除了柴米油鹽中打轉，就是做什麼「家庭副業」——有段日子他還學著釘毛衣上的珠片，不知給針扎了多少次。爲了疊馬糞紙盒子，他的手也不知道磨了多少泡。好在都捱過去了，明天……後天……下個禮拜……椿哥沉湎在一些就快要實現的夢境中，想著眼前遲來的幸福，在夢裡，兩鬢飛霜的椿哥也又一次地覺得年輕了起來。

34

這個週日，是椿哥他父親爲小宛接風的日子。大伯出面請客，倒是這些年來破天荒的稀罕事，事實上，椿哥他父親從來沒有請過弟弟一家子，但建二馬上要到加州念書去，夫妻倆一商量，決定這次的破費不能免。事先也講好了，要椿哥也一併跟著過來。

一頓飯的話題都圍繞著加州矽谷區的繁榮景象打轉，接著又談美國的就業市場，彷彿緊跟著那便是建二的下一步。「當然，只有電腦最熱門。」戴金邊眼鏡的博士女婿很權威地說，順便把一筷子糖醋魚放進嘴裡。一旁的建二有些訕訕地接不

上腔——一來他根本沒打算一去不返，念完書可是一心回國貢獻來著，二來他學的好好的物理，實在沒興趣轉什麼電機工程。

屋裡沒有冷氣，菜式又是熱炒的居多。一頓晚飯吃下來，都已經汗流浹背了。建一還有別的應酬，建二聽說叔叔嬸嬸要領著小宛夫婦倆去「三商」買些送人的小禮物，帶到國外「敦睦邦交」用——小宛夫婦口口聲聲說這都是必要的，建二便也跟著他們一同去。椿哥眼看客廳裡只剩下他父親，他的汗滴得更急了，剛才晚飯桌上他已經覺出自己多餘，但至少還可以悶著頭只顧挾菜，現在，低矮的天花板底下，電風扇呼刺刺吹著，椿哥併著膝坐在那裡。瞪著牆角幾隻破籐椅，卻明知道背後建二他媽趁擦桌子的空正偷眼覷著自己——椿哥簡直坐不住了。他剛站起身要走，他父親也說屋子裡悶氣，想出去蹓躂會兒，果然才下玄關，便有一股子穿堂風撲在臉上，涼沁沁的。

夏天的夜晚，椿哥與父親一前一後在巷子裡走著。家家牆內都開了電視機，大概是八點那一檔連續劇……傳出來的聲音亦帶著那麼點爛熟。說的，也是熟悉的故事。椿哥偏著腦袋，想要記起上一集待續的情節，憶起的卻是原來自己也曾在這巷子裡住過，一晃，三十多年了，倒又清晰得像昨天的事……

說起來，這些年中間，巷子已經變得太多了。四鄰全都起了六層以上的新樓。只可惜，那些寓邸大廈排列到他父親家門前，卻陡地坍陷了下去。急降的幅度那麼突兀，連帶也使那老舊的屋脊褶縐起來——看來，竟快要倒塌了。

同時，高樓大廈連壁的陰影下，巷子本身也狹窄了些，感覺中，椿哥竟不能與他父親並肩地走。經過下一根電桿的時候，椿哥瞪著父親長滿疣痣的後頸，黏搭著幾根油膩膩的白髮——微弱的路燈照著，椿哥被他父親邋遢的老態嚇了一大跳——這，就是他的父親麼？他一生中沒得著他的愛的父親麼？

是的，這是他父親，這三十年來，儘管他連一聲「爹爹」也不曾叫過，但，他還是止不住地想去愛他的父親啊！

只是，什麼是愛呢？

這字眼也許太深奧了，不是椿哥所能夠瞭解的，但是，在這一刻裡，望著父親的背影，他心裡洶湧起奇異的感情，讓他要去攙扶那個有些傴僂的老人。這一刻，他竟強烈地想要趕上前去，扶著老人的肩膀，替老人撣一撣衣服上落的頭皮碎屑。

可憐，椿哥自己也有些老眼昏花了，這一步路，踩在碎石子上，還趕得有點喘。

而他的父親，不知是不是被椿哥突然的前行驚嚇到，扶著牆角退了一步，卻在人家的門燈底下站定。眼裡，是一種澀苦的神情。面對著椿哥，這個排行最大的親骨肉，他簡直是費力地張開口：

「這些年，委屈你了。到了這步田地，我也心裡不好受……你要原諒你這個無能的老——老爹……有些事，也不是我想要作主就能夠作主的。」

「……」椿哥早已經停下了腳步，他驚愕地張大嘴，不敢相信地抬起頭，他真不敢相信自己耳朵裡聽到的。他眼眶裡閃著一點水光，卻是多少年第一次——這麼毫不猶疑地望向他的父親。他耳朵中還在一遍遍重複父親的話，這些年之後，似乎只有這幾句話，眞正說進了他的心坎裡。喔，爹爹，喔，爹爹，他在心裡猛喊著。他多想跪在父親膝前大哭一場。但他又同時這麼歡喜，恨不得嘰嘰咯咯地笑起來。此外，他也很想跟父親坐下來談談心，把這多年來所受的委屈一一變成口裡的話——只是，他還要想一想，看看是要從什麼地方說起。

他父親卻自顧自講了下去：

「那時候聽人說卡車生意好賺，跑南跑北的誰不眼紅。想不到，還沒半年工夫，全部退役金就血本無歸。」他父親說著。這一晌，他父親眼望著遠方。然後，聲音從半空跌落，很無奈地吸溜著鼻子、搖晃著腦袋說：

「建二他媽，那麼死要面子的女人，都去向她娘家伸手，要了十萬。建一的公司是個空殼子，他也死挪活挪周轉出來十萬。能想辦法的地方我是都想過了，實在不夠啊。誰教建二他成績好，申請的學校都是最好的，嘿嘿，可眞貴呢。別人有錢也申請不到。那間學校，第一年就非要兩萬美金下不來，兩萬美金不是小數目。我是沒法子——你叔叔說，你有筆錢閒擱著，幫幫你弟弟不好嗎？」

椿哥耳朵裡嗡嗡的，在尚未平復的情緒裡，他一時聽不懂父親在叨嘮些什麼……漸漸地，卻悟出了那麼點門道，是建二，是建二出國念書的事……是建二，需要帶兩萬美金出國去……

椿哥詫異地看著幾隻張開翅膀的飛蛾，在別人家的門燈底下一圈圈地繞。藉著那團黯淡的光影，椿哥不敢相信地望向他父親。他父親的嘴還繼續張闔著，一定又說了些什麼話，但椿哥沒有用心聽。過了好久好久，椿哥彷彿才弄懂了這是怎麼一回事——噢，對了，他想起來了，他從來就莫名其妙地害怕他父親。以前，他模模糊糊覺得父親手裡曾經握著一把鑰匙，通往他的過去，而過去，畢竟已是不可更改的了。這一時刻，他父親手中，倒又握著他慘慘澹澹經營起來的未來了。

「建二出國……是件好事，大家應該成全他；建二從來就是知道上進的好孩子……」他父親還在繼續他的道理，或許，也是藉此說服他自己。門燈底下，他父親頭頂那撮參差的白髮隨風飛揚起來。提到建二，他神色間永遠有掩不住的快慰，音調也顯得理直氣壯。

「建二……建二……」椿哥正好也在想著建二，建二那張瘦窄臉、肉眼泡、疏疏淡淡的眉毛，簡直與自己一式一樣，是嘛——他是自己的兄弟。既是自己兄弟，他們的命，怎麼一個天上一個地下？

「哎，你也別怨我這個做爹的。」他父親的嗓門又放低了，在夜晚的小巷子裡聽來，帶點期期艾艾的哭腔：「我不是沒有想到你，哎，這麼多年也都過了，建一建二也都這麼大了，倒要我怎麼說呢？難道告訴他們平白他們又多了個哥哥。你教我怎麼說呀？」

「其實，我就算一直讓你跟在身邊，對你的好處——大概也極有限。雖然沒讓你跟著，我哪裡會不常替你想呢？」椿哥他父親逕自說著，椿哥垂著頭。椿哥他父親怎樣也猜不出椿哥心裡正想些什麼。椿哥他父親只是盡他的力，用他所有能想出來的話，不厭其煩地繼續講下去。

椿哥默默地聽，他的心一會兒刺刺地疼，一會兒卻又飄得極遠極遠……有時候，他眞寧願他父親不要講了，有時候卻希望在父親的話裡找出一點道理——是嗎？是這樣子的嗎？——父親說並不是沒有替自己著想，那麼，自己這半輩子到底是怎麼一回事？——打小就沒有了娘，好不容易跟著爺爺到台灣找著了父親，卻又逼著他們一老一小下高雄去……到高雄安頓下了，好不容易做起了饅頭生意，卻又連連出了車禍……等到好不容易再卯上勁，壓麵壓出個樣兒的時候，叔叔又要自己上台北……現在，臨老了，好不容易攢下一筆討老婆的錢，父親又開口向他要……怎麼一回事呢？……這一生到底是怎麼回子事？

巷子裡颳起一陣小風，穿過樹枝，窸窸窣窣地掉下來幾片尤加利的葉子。夏天也作興落葉子麼——驟來的涼意，讓椿哥輕輕地打了幾個哆嗦。

可是，他打著哆嗦卻念頭一轉：如果，如果都順了自己的意呢？那——也不見得如何吧！即使以自己的材料娶上那個作洋裁的寡婦，也難保不又生出一群笨頭笨腦、只會玩泥巴的小孩，趴在地上哇哇地哭，哇哇地向他要吃。那——難道就叫作「幸福」？

這一瞬間，椿哥想到的幸福，滋味就該像宛妹妹那樣——從小聰明伶俐，又有父母愛、有書讀，大學畢業出國去，還可以談情說愛再結婚。婚後生出來的孩子，連尿布紙都香噴噴的……或者，像建二，走那麼遠的路上學校……或者，像建一，名片燙上有翅膀的馬……他們都是幸福的。原來──不一樣啊，一直就是不一樣的，他們從來就跟自己不一樣啊！他們不看歌仔戲、不吃小食攤、不買菜場裡十元兩枚的癬瘡藥、也不在選舉的時候等著看斬雞頭……他們談「電腦」、他們談「資訊」、他們在飯桌上談「入超」與「出超」、以及「專利」與「仿造」，他們談這一切椿哥即使勉強記住，卻怎樣都摸不著頭腦的字眼──他們才是幸福的現代人啊！

當晚風再穿過樹梢的時候，那樹葉摩挲的聲音──在岑寂下來的小巷子裡，彈在人的耳鼓中，便像數聲一往無回的哀嘆了……

這時候，自覺該講的也都講得差不多了，椿哥他父親又開始慢慢地向前踱，他駝駝地聳著肩，一面磨蹭一面從口袋裡掏出一包小宛剛才孝敬的「三五」，小心地取出一支，點上──他可一點也不發急──他知道該給椿哥些許時間想想，這件事說好說歹，還是要椿哥自己心甘情願了才行。

怎麼說，還不都是為了他弟弟建二麼？椿哥他父親淅颯颯搖晃起滿頭白髮，在牆角下吸了一口菸，才嘆著氣蹣跚地往前磨蹭。

35

又是人潮洶湧的桃園中正機場，多少留學生肩揹隨機票附贈的旅行袋，頸子掛著紅紅綠綠的通草花環，站在人群中拍照——才在鏡頭前笑得那麼好，卻馬上轉過臉去安慰哭得淚人兒似的母親——雖然空氣中充斥著淚光，機場氣氛卻一點也不斷腸，就像送女兒上花轎，儘管一把眼淚一把鼻涕，心裡總沒忘記這是在辦喜事。

這天是建二搭中華班機出國深造的日子。恰好小宛一家也度完了假，該回加州上班的時候了，便特地等著建二一道走。

「下個冬天，我們一定再回來過年。」小宛噙著淚水答應老爸老媽。想到美國沒有節慶的日子，她實在戀戀不捨腳底下人情味濃郁的土地，下次回來——她想——還是要丈夫想辦法找個「客座教授」來當。

椿哥打著他惟一的一條領帶，踩蹬著他多年來惟一那雙破皮鞋，悄悄站在機場大廳最僻靜的一角。他睜著蒼茫的兩隻眼，踮起了腳步，費力地朝人堆中搜尋建二。人那麼多，肩膀挨著肩膀，椿哥必需時時刻刻凝住神，才不會在人群中失去了建二的蹤影。啊，看啊，那就是他的弟弟建二。小夥子多麼英挺地站在人群中，正跟個長頭髮的女孩子悄聲講話。

看起來，那女孩便是建二的女朋友……椿哥聽嬸嬸說過，那是一個人品極好的本省小姐，想不到，亦這般秀美——椿哥由衷地爲弟弟感到驕傲。他眞想要走上前去，再看看清楚，但，向前挪了幾步，他還是悻悻地又站回了原地。

回台北的「中興號」上，嬸嬸與他閒談起來：

「椿哥，別那麼挑剔，湊和湊和。年底前把喜事辦了，討房新媳婦好過新年。」

椿哥滿是皺的臉上才掛著幾滴眼淚說：

「嬸嬸，您別講了，這輩子——只要您不趕我——我，我是那裡也不打算去了。」

嬸嬸果然機伶地閉上了嘴，側轉身子將視線移向窗外，窗玻璃上，颳著斜細的雨絲。……那陣雨在下一個山頭停歇時，椿哥亦已經揩乾了臉上的淚，望著幾抹飄浮在山間的霧氣，他正堅定且愉快地想著：

「什麼時候再來接建二呢？等建二念完書，從美國回來時，建二亦會戴上一副金邊眼鏡，渾身也會發出象牙肥皂洗過之後的、乾爽的氣味吧。……像誰呢？像小宛的先生，人家總是女婿、總是外人，自己的兄弟卻又近得多了。是建二……是我的弟弟建二啊，是建二，剛才對我搖著手……就在他走進那個『出境室』的門之前，他一定，一定看見了我。人那麼多……我急著向前擠……他看見了，他一定看見了我。人潮裡面，他向我揮著手，他的眼淚水在眼眶裡滾著，喔，他一定，一定知道……會不會已經知道我是他的親哥哥了？有那麼一天，總有那麼一天吧，我等著……我要好好地等著，等著自己的親兄弟啊。是自己的親兄弟——這麼個有出息的弟弟，可不能因爲沒有錢便失去了讀書的機會——像我當年，就是耽擱了讀書誤的事——我這一輩子，大概再沒什麼值得可惜的了。到了現在，就是再晚些年成家，還是差不多吧。會有那麼一天，會有那麼一天的，我還是好好地等著，等建二回國那一天，他一定就會認自己這個哥哥啦……到那時候，可千萬記得——記得要建二——叫自己一聲哥哥！可要他親口——叫自己一聲哥——啊！」

作　者	平路
發行人	張書銘
社　長	初安民
責任編輯	高慧瑩
美術編輯	許秋山
校　對	辜輝龍、黃筱威、高慧瑩、平路
出　版	INK印刻出版有限公司
	台北縣中和市中正路800號13樓之3
	電話：02-22281626
	傳真：02-22281598
	e-mail：ink.book@msa.hinet.net
法律顧問	現代法律事務所
	郭惠吉律師　林春金律師
總經銷	成陽出版股份有限公司
	訂購電話：02-26688242
	訂購傳真：02-26688743
郵政劃撥	19000691　成陽出版股份有限公司
印　刷	海王印刷事業股份有限公司
出版日期	2002年8月　初版一刷
定　價	150元

ISBN 986-80425-4-2

Published by INK Publishing Co., Ltd.

國家圖書館出版品預行編目資料

椿哥／平路作.--初版，--臺北縣中和市：
INK印刻，2002〔民91〕
面；　公分（文學叢書：14）

ISBN 986-80425-4-2（平裝）

857.7　　　91011056